3:33

e outras histórias de suspense

Waldick Garrett

1ª edição

Editora Draco

São Paulo
2012

Waldick Garrett
é Comendador Literário Internacional Brasil-Portugal, Grau Cavaleiresco, membro a ACCUR (Academia de Cultura de Curitiba) e descendente do poeta português Almeida Garrett. É autor de *Manuscritos de Sangue* e *Sete Palmos*. Oficial da PMPR, bacharel e pós-graduado em Direito, tem publicações na área jurídica e Sommelier. Participou de edições comemorativas da *Scarium Magazine* e de coletâneas literárias especiais, a convite de editoras e organizadores, como *Sobrenatural* e *Invasão*. Destacando-se em sua trajetória, Garrett ingressou no rol dos importantes escritores brasileiros da nova geração de suspense e terror.
TWITTER @waldickgarrett SITE www.waldickgarrett.com.br

Publisher: Erick Santos Cardoso
Edição: Janaina Chervezan
Revisão: José Roberto Vieira
Produção editorial: Janaina Chervezan
Arte e capa: Ericksama

Dados Internacionais de Catalogação na Publicação (CIP)
Ana Lúcia Merege 4667/CRB7

G 239

Garrett, Waldick
333 : e outros contos de suspense / Waldick Garrett. – São Paulo : Draco, 2012

ISBN 978-85-62942-48-8

1. Contos brasileiros I. Título.

CDD-869.93

Índices para catálogo sistemático:
1. Ficção : Literatura brasileira 869.93

1ª edição, 2012

Editora Draco
R. José Cerqueira Bastos, 298
Jd. Esther Yolanda – São Paulo – SP
CEP 05373-090
editoradraco@gmail.com
www.editoradraco.com
www.facebook.com/editoradraco
twitter: @editoradraco

Convite

Eis a reunião de sete novelas ficcionais de suspense e terror, retiradas com imensa satisfação de um canto obscuro qualquer da mente insana de um escritor contemporâneo, para o seu mais simples e puro entretenimento... Uma boa dose de sustos, medo e incredulidade, para uma perfeita noite tempestuosa à luz de velas.

Contudo, poderia servir também para a base de uma reflexão mais profunda sobre temas como o ilógico, o surreal. Sim, poderia servir para algumas estranhas indagações, tais como:

Qual seria o conceito mais simples a respeito do sobrenatural? Algo desconhecido pelo homem, algo inexplicável, imaterial? Então seria correto afirmar que conhecemos a fundo tudo aquilo que nos rodeia diuturnamente e é abstrato aos nossos olhos? E o vento, o calor ou o frio. As ondas eletromagnéticas, quem sabe? A radiodifusão?

Até onde o ser humano conhece a respeito do mundo em que habita? Até onde o ser humano conhece a respeito da vida após a morte? Ela existe?

E o seu próprio corpo? Você já experimentou indagar a um conceituado médico o que ele sabe a respeito da energia que move o corpo? Não digo sobre o funcionamento de cada parte, mas o impulso inicial que as faz se movimentarem.

Enfim, ao final, é possível haver algum fundo de realidade nos trechos mais inverossímeis redigidos nesta obra? Talvez? Sim? Não? Quem sabe?

O.k., o.k.! Não estou aqui para importuná-lo com perguntas insensatas, embora aparentemente inócuas,ou gerar polêmica, mas como já disse no início, entreter.

Convido-o então a caminharmos por vielas escuras, becos sem saída e pelos cômodos de estranhas residências. Por cidades anômalas, sombrias, experimentar um pouco do sobrenatural oculto nos afazeres simples do dia-a-dia.

Presenciar momentos singelos da vida sendo transformados, no instante seguinte, em verdadeiros pandemônios... em verdadeiros infernos.

Convido-o ainda a não deixar de dar uma espiada no "Acertando os Ponteiros", as notas de posfácio incluídas ao final desta obra. Lá estarão as informações a respeito do que é real ou fictício, curiosidades e coincidências. Experiências vividas e testemunhadas de fatos supostamente inexplicáveis, inseridos nas novelas.

Então, vamos ao passado? Ao futuro? A outros continentes?

Aceita o convite? Então embarque, vamos começar, o dia é 7 de setembro, feriado da Independência...

à nossa querida Amanda...

Escadas Rolantes

I

A visão da sacada, no dia da Independência, era esplêndida. Não que a rua fosse naturalmente inquieta, mas a ausência completa de pessoas e sons diversos era realmente algo que apreciava.

Apanhei o que sobrara de uma garrafa de *xerez*[1]da geladeira e acendi um charuto nacional com um pequeno maçarico. Foi o tempo em que fumava um bom cubano, acompanhado de um magnífico conhaque, mas o xerez era ótimo, ainda apresentava aromas salinos, embora já tivesse iniciado o processo de oxidação.

Quase todos os vizinhos da rua haviam se deslocado para o litoral, afinal, não era sempre que tínhamos feriados prolongados, ainda mais com um tempo como aquele. Nós ficamos. Tive de me desfazer do apartamento que possuía em Guaratuba para quitar as dívidas pendentes da cirurgia de câncer de mama que atacara covardemente Michelle. Fazia um calor insuportável, que há anos não sentíamos na região. Não havia brisa, o tempo permanecia estagnado e o ventilador lançava jatos de ar quente em meu rosto. Melhor assim do que a ausência completa de vento.

1 Tipo de vinho fortificado, seco ou doce, feito na região de *Jerez de La Fronteira*, na Espanha. Os ingleses o denominaram de Sherry pela dificuldade que sentem em pronunciar seu verdadeiro nome.

Por vezes, enxugava o suor que escorria da testa com um pano que pegara na cozinha que intui que se tratava do pano de secar louças. Michelle ficaria maluca se descobrisse, ainda que achasse difícil, pois ela permanecia nos fundos, banhando-se de sol. Sabia que sua vontade era estar no litoral, todavia não externara o seu desejo por se sentir culpada pela venda de nosso apartamento... grande bobagem!

Senti a camisa regata colar no peito, ajeitei-me, aproximando o ventilador. O xerez permanecia gelado. Colocara o diminuto *copito* dentro de um copo maior, com algumas pedras de gelo entre eles, uma improvisação que funcionou. Sorri ao lançar o olhar sobre os copos acoplados, o menor com a borda suando.

A rua em frente conservava-se vazia, as esquinas de ambos os lados completamente abandonadas, as casas trancafiadas, as garagens vazias, alarmes ligados, cadeados e correntes prendendo os portões.

– Dono do bairro! – murmurei, sorrindo com um dos cantos da boca. Cruzei as pernas sobre os pés descalços, chinelos largados pela sacada, e soltei uma baforada de fumaça, apreciando o charuto na altura dos olhos.

Ajeitei-me na espreguiçadeira visando o relógio de pulso que marcava 14:56 e adormeci.

II

Despertei com os cabelos espalhados.

O mormaço quente permanecia, porém uma brisa úmida e gélida chegara sorrateiramente à sacada.

– Mas que diabos? – murmurei, sentando-me corretamente. O charuto jazia apagado em um enorme cinzeiro da *Coíba,* no parapeito.

– Heitor, o tempo virou! Olha só aquelas nuvens! – bradou Michelle adentrando o quarto que dava para a sacada..

– Que horas são? – indaguei, passando as mãos sobre o rosto, sem me dar conta do relógio em meu pulso. Michelle não reclamara.

– São 3:33 da tarde! – conferiu em um grande e circular relógio de ponteiros pendurado na parede do quarto.

– Deus, parece que dormi uma eternidade!

Michelle surgiu na sacada com semblante assustado, vestindo uma saída de praia que cobria o biquíni,

– Você viu? – indagou, com um leve temor sobre a face.

– Viu o quê, Mi?

– Lá, já disse! Olhe! – expôs, apontando o horizonte, com certa impaciência.

Então finalmente notei o que assustara Michelle. Nuvens cinzentas emaranhavam-se umas sobre as outras, avançando rápido, de forma ameaçadora.

– Puta que o pariu! – esganicei com olhos saltados.

Michelle fitou-me de esguelha, rosto contorcido. Nunca gostara que falassem daquela forma na sua presença, principalmente quando se tratava de seu marido.

Permaneci ali alguns segundos. O xerez certamente estaria quente àquela altura.

– Acho que, neste exato momento, nossos vizinhos estão nos amaldiçoando! – disse Michelle sorrindo, contemplando o céu. – Mas nada é novidade, não é? O feriado de 7 de Setembro é sempre chuvoso e frio!

– Pode ser! Mas isso está estranho!

– Estranho como? Por quê? – perguntou com as mãos sobre a cintura.

– Como por quê? Você já viu algo assim? – questionei elevando a mão ao céu.

– Não sei! Mas me parece que São Pedro irritou-se com tanto calor que acabou enviando estas nuvens carregadas d'água. – disse, com extrema simplicidade, como se a sua explicação fosse algo natural e até provável de acontecer.

Meneei a cabeça diante da sua inocência. Michelle sempre fora assim, era o resultado de crescer na companhia de um escritor.

– Ei, o que é aquilo? – perguntou, soltando as mãos da cintura. Sua voz saíra mais ousada.

– Aquilo o quê? – respondi, olhando por sobre os ombros.

– Não me diga que aquele é o meu pano de prato?

III

O primeiro estrondo que surgiu fez-nos sobressaltar. Estávamos na cozinha, Michelle emitiu um gritinho, exatamente como faz quando encontra uma aranha espreitando em um canto sujo qualquer da casa. Por pouco não derrubei a garrafa d'água que estava em uma das mãos, a outra soltou a porta da geladeira. Podia jurar que tremera o solo debaixo de nossos pés.

– Heitor, você ouviu isso?

– É óbvio, Mi! Que pergunta...

Dirigi-me rapidamente até a janela da sala do primeiro pavimento e, ao afastar a persiana, pasmo, vislumbrei o céu enegrecido, relampejando insistentemente.

– Mi, lembra quando você disse que a minha adega subterrânea não serviria para nada? – indaguei, enquanto as nuvens negras refletiam-se em meus olhos. As luzes dos postes da rua acendendo-se lentamente, uma a uma.

Às costas, Michelle manteve-se silente. Em dado momento, franziu o cenho e resmungou em concordância.

– ... Acho que finalmente ela terá alguma serventia!

Então ouvimos um forte som de estática, seguido de um estrondo grave e ensurdecedor. Larguei a persiana, arcando-me em puro reflexo de proteção. Michelle gritou mais alto desta vez, afastando-se da janela. Um alarme próximo disparou, como o som de uma ambulância.

– Heitor, o que está acontecendo? – perguntou Michelle, com o rosto contorcido, prestes a chorar de temor.

A persiana dançava à frente e, entre as frestas que oscilavam, víamos relâmpagos contínuos. Era assustador como é para um artista famoso ser alvo de vários flashes de *paparazzos*.

– Não sei, mas também não quero descobrir! Vamos para a adega!

– Hã? Por quê?

– Isso não está me cheirando bem! Vamos logo! – decidi, e, ao passar por Michelle, carreguei-a pelo braço.

IV

Apanhei a grande chave da tranca da adega escondida no bar da sala e contornamos a escada que dava acesso ao segundo pavimento. Debaixo dela, deparei-me com a rústica e pesada porta de entrada. Inseri a chave na fechadura e reclamando com um gemido cadavérico, destrancou-se.

A adega tinha, aproximadamente, uns dezesseis metros quadrados. Acionei o comutador da luz no topo da escada e o local foi invadido por uma fraca iluminação âmbar. Havia três lâmpadas direcionadas para as paredes brutas, as quais geravam uma iluminação indireta e assim não afetavam a qualidade dos vinhos. O problema era que, atualmente, não havia mais garrafas cheias por ali, as vazias eram memoráveis.

Liguei o ar condicionado, que abafou o som do alarme agora distante e sentamos nas duas cadeiras que margeavam uma pequena mesa rústica e circular, postada no centro do cômodo.

Michelle ainda vestia, de forma meio desengonçada, a saída de praia e a pele um tanto oleosa por causa do bronzeador.

– Acho que isso vai dar alguma merda! – murmurei, fitando a porta de madeira no alto da escada rústica.

– Já disse para você não falar dessa forma, Heitor! – resmungou

Michelle. O rosto dela exibia uma feição preocupada, estava concentrada no centro da mesa vazia, de costas para a porta.

Outro estrondo trepidou as prateleiras e fez tilintar as poucas garrafas vazias. O pó das estantes despencou pesadamente sobre o chão de cimento bruto. Em seguida, outro... iniciou-se como uma explosão que se arrastou por alguns segundos. Senti um calafrio percorrer as costas.

– Meu Deus, Heitor! Será que vamos morrer soterrados aqui? – perguntou, desta vez choramingando. Levantou-se da cadeira, rodeou a mesa e sentou-se em meu colo.

– Não seja boba! Claro que não! – respondi, porém não havia convencido nem a mim mesmo, quem dirá a Michelle.

Logo, outro ribombar emergiu com intenso vigor. Derrubou um dos quadros intitulado "*Pelos Caminhos da França*", um mapa demonstrativo das melhores vinícolas do país, e o vidro espatifou-se. Em seguida, a luz da adega desvaneceu-se juntamente com o som. O ar condicionado emitiu um zumbido, como seu último suspiro de vida.

V

Permanecemos ali, em silêncio quase total. Entre o choramingar de Michelle, ouvimos estrondos ao longe e outros mais perto. Ficávamos na expectativa dos trovões mais próximos que pudessem nos assustar.

A porta de entrada da adega era tão rústica quanto o seu interior. Havia frestas disformes ao redor do batente que vislumbrávamos flashes contínuos que vinham do primeiro pavimento.

De inopino, um som de estática e outro estrondear.

Michelle agarrou-se em meu pescoço. Arranhou-me como um bicho selvagem, escondendo seu rosto em meu peito.

Então aconteceu algo estranho. Intui ser a chuva aproximando-se rapidamente. Concentrei-me no som externo e concluí que, definitivamente, não se tratava de chuva, pois seu ruído aquoso era inconfundível. Aquilo era um som seco, áspero, arrastado.

Não demorou para Michelle perceber.

– Que som é esse, Heitor? – indagou, elevando o tronco de um pulo.

Ela havia retomado o raciocínio. Sentada em meu colo, sua feição entre os flashes era de puro pavor, olhos vidrados, visando por sobre os ombros em direção à porta de entrada. Apesar do medo que igualmente me assolava, fitei por alguns segundos sua feição meio de lado, sentindo uma enorme vontade de rir. Rir não, gargalhar. Sua feição parecia-se com a de um cão vigia, orelhas retesadas, ouvindo um som ameaçador na calada da noite.

– Querida, não se preocu...

Antes que pudesse terminar uma perfeita frase de consolo, o som áspero intensificou-se, como a turbina de um avião prestes a decolar. Em seguida, tudo aconteceu rápido demais.

Ouvi uma sequência de sons apavorante em dois ou três segundos: um estalar rascante da estrutura da casa acima, o ranger do concreto, estrondos graves, novos estalos, vidros fragmentando-se, estáticas e curtos-circuitos, guinchos, rangeres e arrastos pesados.

Enquanto ouvia incrédulo o som propagando-se e ferindo meus tímpanos, senti as mãos de Michelle fecharem-se contra o meu pescoço, seu grito agudo e desesperado, as luzes chegavam à adega em cores diversas, entre brancas, amarelas e azuladas, sempre em flashes.

O piso de concreto trepidou violentamente, uma das pernas da cadeira não aguentou e cedeu. Olhava para a porta antes de estatelar com Michelle no chão frio da adega. Senti uma dor lancinante em um dos tornozelos, além da falta de ar ocasionada pela pressão que as mãos de Michelle exerciam em meu pescoço. Nunca imaginara que tivesse tamanha força.

Assim que Michelle rolou para o lado, parte da porta explodiu para dentro projetarando fragmento sobre nós. Minha última visão fora uma ripa grossa aproximando-se rapidamente.

VI

À frente, Havia uma tênue claridade no interior da adega, como se indicasse uma saída. *Será que devo seguir em direção à luz? Mas não imaginei que fosse assim tão fraca! Será este o túnel que tanto falam que surge quando morremos?*, pensei.

Logo compreendera o que realmente acontecera: conservava-me caído, visando a metade da porta ainda fixada pelas dobradiças do batente. Ela oscilava, rangendo levemente. Provavelmente o tempo ainda permanecia nublado, porém não tão escuro quanto antes.

Não sabia dizer quanto tempo ficara inconsciente. Sentia uma insuportável e pulsante dor de cabeça. Ao tentar sentar-me, senti uma fisgada em um dos tornozelos. Com uma das mãos puxei-o, retirando-o debaixo de uma estante que despencara sobre ele. Levara sorte por estar vazia, por arquitetá-la em uma estrutura simples, leve.

Sentei-me aturdido, colocando ambas as mãos sobre a testa. Os dedos tatearam uma considerável saliência e pior, um ferimento aberto. Algo umedeceu meus dedos, escorrendo pela palma da mão. Não precisava de iluminação e espelho para saber que se tratava de sangue.

Apoiei as mãos no chão para levantar-me, e encontrei um objeto, um fragmento de ripa grossa. Segurei-o e examinei-o diante do negrume quase total, depois o arremessei em um dos cantos, com certa ira aquilo que quase me matara.

Clamei por Michelle algumas vezes. Semicerrei os olhos, perscrutando no escuro. Levantei, apoiando-me somente na perna boa para depois me equilibrar sobre as duas. Não conseguia manter-me totalmente firme, mas dava para usar o tornozelo ferido. Avancei cuidadosamente para não chutar involuntariamente Michelle e machucá-la ainda mais.

Aliás, como ela estaria?

Foi somente naquele momento que tive um lampejo da realidade. *Michelle podia estar morta! E o que teria acontecido à nossa casa?*

Uma tormenta de desespero invadiu-me e bradei:

– Micheeellleeee!

Vasculhei em desespero os cantos sem me preocupar com o tornozelo em chamas.

Que diabos aconteceu aqui? Ela deve ter acordado antes, viu-me inconsciente e foi procurar ajuda! É isso!

Aproximei-me da escada, avancei degrau a degrau, contorcendo o rosto de dor. Nos intervalos das fisgadas do tornozelo, sentia a cabeça pulsar. Ainda permanecia aturdido. O sangue havia coagulado sobre a testa à esquerda, sobre o ferimento, junto a alguns fios de cabelo da franja, e no prosseguimento do rosto à direita. Sangrara durante minha inconsciência.

Antes de alcançar o patamar do primeiro pavimento notei incrédulo, pelo vão da porta destruída, o céu enegrecido por nuvens imóveis.

Como é possível enxergar o céu daqui?

VII

Afastei a meia porta pendida pelas dobradiças e algo quase surreal descortinou-se ao redor, a nossa residência não mais existia. Havia somente um monte enorme de entulho disforme e uma das únicas partes que resistira fora a parede dos fundos que ficara em pé, como o cenário montado de um teatro ao ar livre. O resto cedera.

Partes da casa haviam sumido, partes haviam sido arrastadas para a rua. Realmente tinha sido um verdadeiro milagre não termos sido soterrados. Os entulhos rodeavam o primeiro lance de escadas, incrivelmente intacto e findava-se em nada, no espaço vazio. A nossa minivan estava capotada em meio aos escombros do terreno do vizinho, à frente.

Subi as escadas e parei no último degrau. Senti-me um sentinela, um guarda-vidas em um posto elevado, esquadrinhando cada canto daquela catástrofe. Até onde alcançava minha visão, havia destruição. Algo indescritível, sem precedentes.

Bradei algumas vezes pelo nome de Michelle, todavia dava a impressão que o eco reverberante traduzia-se em inércia, ausência de vida. Já havia lutado uma vez para não perdê-la, quando descobrimos sua doença, e estava agora pronto para um segundo *round*.

Avancei até a rua, pisei em falso e caí sobre os escombros. Gritei um palavrão, ajeitei-me e cheguei até a esquina próxima.

Ao longe, o céu pareceu abrir-se sensivelmente. Entre as nuvens, alguns raios de sol chegavam a algum ponto do horizonte e recordei-me das teorias ingênuas de Michelle.

Certo dia, quando passeávamos com os dois cachorros de sua mãe em uma das praças do bairro Bacacheri, Michelle, segurando uma das coleiras com a mão, apontou para o horizonte e, em um inopinado entusiasmo, lançou:

– *Olha Heitor, escadas rolantes para o céu!*

As tais escadas tratavam-se, simplesmente, dos raios solares que atravessavam as nuvens, formando fachos de luz que se espalhavam em várias direções. Compreendi no mesmo momento que só podia ser coisa de seu irmão mais velho, um escritor típico contador de histórias.

– Será que, se as acharmos, poderemos subir?

– Não seja ingênua, Mi! Se chegarmos próximos, seremos simplesmente banhados pelo sol! Os raios não são densos, materiais. Simplesmente somem quando você se aproxima e então você os sente aquecer a pele do corpo!

– Você agora se pareceu muito com o meu irmão – disse ela sorrindo, enquanto visava o *Schnauzer* macho farejando um poste.

– Com William? Por que você diz isso? – indaguei, curioso.

A cadela que segurava elevou o focinho para farejar o ar. Algo de bom, que não sentíamos, pairava próximo.

– Sim! Ele fala coisas bonitas, como essa que você falou há pouco: *sentir aquecer a pele do corpo*! – explicou imóvel, olhando com atenção o pequeno fluxo de veículos transitarem sobre a rua. Ao notar que já era viável, cruzou-a até chegar ao lado oposto da calçada e emendou: – Você devia ser escritor!

Sorri com desdém, acompanhando-a.

– Não sirvo para isto, Mi! Vamos deixar as letras para o seu irmão!

Então, no ano seguinte, lancei meu primeiro livro de contos, na verdade, sete novelas de terror. O lançamento não fora expressivo porém, seis meses após, o sucesso emergiu como a lava que jorra de um vulcão em erupção.

Dois anos depois abandonei o escritório de advocacia, negociando minha parte com os outros dois sócios. Já era conhecido no meio editorial e não havia mais motivo para continuar com as pequenas causas judiciais. Estava em condições de negociar com as grandes editoras, fazer exigências contratuais, escolher os programas que desejava participar. Foi nesse período que William encerrou sua aventura literária. Realmente nunca fizera muito sucesso com seus poemas melancólicos. Enclausurou-se em sua casa de campo, em um local afastado do centro de Foz do Iguaçu, e nunca mais regressou pelo que soube. Perdemos completamente o contato com ele.

Michelle acreditava que seu irmão nunca a perdoara por instigar-me a escrever. William sentia-se o escritor da família e, mesmo sem sucesso, por vezes publicava algo através de pequenas editoras. Sua aparições na mídia eram irrelevante.

Três anos após sumir do mundo literário, William ressurgiu, lançando um livro de terror em uma das livrarias centrais do município em que residia. Todos se surpreenderam com a notícia, principalmente por se tratar de um gênero sobre o qual nunca escrevera, aliás, sempre o *desprezara*.

Havia publicado por conta, nenhuma editora se interessara pelo trabalho. Na época, estava prestes a lançar minha antologia em Portugal, e não pude comparecer ao evento em Foz do Iguaçu. Um mês se passou e recebi a obra de Willian pelo correio.

Recordo-me da sua capa singela... Não despertava a curiosidade. Havia algumas ilustrações internas, que Michelle havia dito ter sido feitas por ele mesmo. Também não lembro o título, e nunca sequer li o prefácio. Sim, havia me tornado um arrogante. Mas não era só isso, era também a inevitável falta de tempo.

VIII

Percorri a quadra ao redor do que sobrou de minha residência. Não via pessoas, mas havia veículos colididos em postes caídos e fumaça pairando no ar. Os pedaços das casas estavam espalhadas sobre a rua, quartos e salas sobre as calçadas, chamas desvanecendo-se, árvores caídas, outras arrancadas, sem nenhum sinal de presença humana.

Por vezes subia nos destroços para visualizar o centro, prédios parcialmente desabados, um escorado em outro... Alguns simplesmente haviam sumido.

Foi um maldito ciclone, só pode ter sido um ciclone!

O que devo fazer agora?, pensei.

Acomodei-me na metade do sofá fragmentado, postado no canto da sala sem teto e paredes, coloquei as mãos sobre a cabeça pendida.Senti uma forte amargura, meus olhos marejarem...

Não era o momento de enfrentar um problema daqueles. Havia usado uma reserva financeira para curar Michelle, além do apartamento, porém estava preparado para lançar uma obra em que trabalhara nos últimos dois anos. Um suspense sombrio, muito bem escrito e estruturado, eivado de contradições que se solucionam de forma inteligente. O título e o teor do livro estavam sendo aguardados por milhares de fãs. Havia contratos firmados com inúmeras livrarias para adotar o sistema de pré-vendas em diversos pontos pelo Brasil e em alguns países afora, como Portugal e Inglaterra. Era, sem dúvida, o meu melhor trabalho.

Lacrimejando e murmurando o nome de minha esposa, vasculhei ao redor, em meio à destruição da nossa residência. Lembrei de cada detalhe escolhido a dedo por nós. Cada parafuso dourado combinando com o misturador dos banheiros; cada desenho do teto em gesso acompanhando o mobiliário; cada piso, azulejo e granito.

Notei, anestesiado, os livros da biblioteca espalhados no local onde deveria estar a cozinha. Uma leve brisa por vezes os folheava, curiosa. Certamente haviam caído com a demolição, pois o escritório ficava no piso superior, exatamente em cima da cozinha.

Ao longe, percebi uma encadernação entre os livros. Logo, identifiquei o manuscrito da minha última obra. Despertei-me para o fato. Parecia intacto... Era o projeto que enviaria após o feriado da Independência à editora.

De um pulo, avancei, ainda mancando, afastando as pontas dos entulhos que surgiam pelo caminho. Estanquei os pés defronte ao projeto. As folhas oscilavam ao sabor da brisa.

O fato reduzira sensivelmente meu sofrimento. Intui que as coisas se acertariam a partir daquele momento. Acharia Michelle, adquiriria outra residência igual àquela reduzida a escombros com o dinheiro de minha nova obra literária e me consolidaria definitivamente na condição de escritor.

Sorri levemente, embora a ausência de Michelle perturbasse minha mente, coração e espírito.

Agachei-me e o recolhi. Folheei-o defronte aos meus olhos e, embora estivesse um pouco sujo e amassado, estava inteiro, perfeito.

Antes de sair, notei que havia um livro exatamente debaixo do meu projeto, um livro que supunha nunca ter visto antes... Simplesmente supunha.

– Que diabos é isso? – murmurei.

Envolto em uma encadernação simples, a capa era escura, um tanto rasgada. Prendi o projeto seguro debaixo de um dos braços e fixei-me na obra. Agora lembrara, era o livro de terror de William.

Ofeguei, olhando para o céu. Ao longe, um tom acinzentado toldava o centro da cidade. Retornei ao que restara do sofá e minha cabeça voltara a pulsar.

Apoiei-me em um bloco de concreto para me acomodar.

Logo estaria escuro e não sabia ainda ao certo o que fazer. Não havia energia elétrica, telefone, pessoas...

Senti-me como o único sobrevivente da catástrofe. Entretanto sabia que essa ideia era improvável: estava sozinho porque os vizinhos haviam ido ao litoral. Não queria imaginar o que teria acontecido por lá, caso o ciclone tivesse vindo daquela direção.

– Meu Deus, ajude-me a encontrar Michelle! – roguei baixo, plangente.

A brisa elevou-se, folheando o livro que havia esquecido sobre as mãos frouxas. Senti um arrepio sobre o corpo. A camiseta regata e a bermuda já não eram tão apropriadas.

Umas duas ou três folhas saltaram, parando no prefácio do livro. Pendi os olhos e, sem pretensão alguma, passei a ler. Em uma leitura dinâmica, saltada, compreendi que William dedicava o livro a nós, a mim e a Michelle.

IX

Aquilo me comoveu. Na verdade sempre gostara de William. Era um sujeito estranho, contudo, eu mesmo havia me tornado um tanto estranho após começar a escrever. Intui que esse estilo sempre fora dos escritores.

O prefácio era resumido, e relatava basicamente que aquela obra só existia por nossa causa. Depois do seu encarceramento, confessou que a única inspiração que teve fora aquele enredo. Tentara insistentemente escrever poemas, porém ficara horas no vazio. Afirmava que a presente narrativa martelava o tempo todo sua cabeça, fazia-o insone, tirava-lhe o apetite, causava-lhe enxaquecas e dores de cabeça.

Sorri, diante do apelativo.

Para quem escrevia somente poemas, acho que ele excedeu-se já no início. A ideia de comentar que a narrativa tenta se impor, querendo ganhar vida própria, já no prefácio, é ótima, principalmente em se tratando de terror, porém ainda acho que está deveras exagerado.

Lembrara que havia algumas ilustrações no interior do livro. Às vezes no início do capítulo, outras, no final.

Suspirei, a angústia apertava o coração.

Sentia-me imprestável lendo aquele lixo, sentado em meio aos destroços de minha própria casa e sabendo que minha esposa havia sumido como uma voluntária em um espetáculo macabro de mágica insolúvel.

Passei a folhear o livro cada vez mais rápido, totalmente desinteressado. Um nervosismo aflorava-se em mim.

Em determinado momento, com os olhos pendidos sobre o livro, notei uma imagem passar rapidamente, era uma das ilustrações que William arriscara fazer. Acreditava que não conseguira um bom artista para ilustrar a obra, alguém que arriscasse assinar seu nome naquelas páginas.

Algo me impulsionou a retornar à imagem. Algo recôndito, subliminar, incomodava meu cérebro. Tive um pouco de dificuldade em reencontrá-la, porém quando consegui, senti uma fisgada gélida na boca do estômago, uma taquicardia... Minhas pernas enfraqueceram-se.

X

Havia uma ilustração tosca, em preto-e branco, talvez grafite no original, de uma mulher sentada no colo de um homem dentro de um cômodo escuro. A mulher com os olhos saltados, olhando por sobre o ombro, para o alto.

Lancei o livro nos destroços, levantei-me, senti o tornozelo queimar, despenquei novamente sobre o sofá.

Não havia lógica no que acabara de ver. Talvez tivesse ficando maluco com os acontecimentos. Postei as mãos sobre o rosto e acomodei-me parcialmente deitado. Não sei por quanto tempo permanecera naquela posição. O céu enegrecia paulatinamente.Elevei-me, fitando a ponta do livro que emergia entre dois fragmentos de concreto do que um dia fora o teto da sala. Uma chama queimou-me por dentro, além daquela que infernizava o tornozelo, impulsionando-me a recolher o livro do piso irregular e devassá-lo. Precisava confirmar o que havia visto. Se a figura realmente estivesse lá, só podia ser coincidência.

Desloquei vagarosamente em direção ao livro. Ao longe, alguns lampejos retornaram tímidos.

– Ah, não! Outra vez não, por favor! – lamentei-me.

Agachei, sentindo o peso da minha cabeça despencar da nuca para a testa, recolhi o livro que soltava algumas folhas, recoloquei-as e sentei-me no terceiro degrau da escadaria intacta da sala.

Folheei o livro novamente, desta vez com mais cuidado, e lá estava a ilustração.

Voltei algumas folhas e li trechos do livro:

"A persiana dançava à frente e, entre as frestas que oscilavam, víamos relâmpagos contínuos. Era como se um famoso artista surgisse na janela..."

Avancei, cenho franzido, olhos projetados e incrédulos:

"Ouvi uma sequência de sons apavorante em dois ou três segundos: um

estalar rascante da estrutura da casa acima, o ranger do concreto, estrondos graves, novos estalos, vidros fragmentando-se, estáticas e curtos-circuitos, guinchos, rangeres e arrastos pesados."

Santo Deus! Como isso é possível? – murmurei.

"O piso de concreto trepidou violentamente, uma das pernas da cadeira não aguentou e cedeu. Olhava para a porta antes de estatelar com Michelle no chão frio da adega..."

Melissa? Trocou o nome da Michelle por Melissa?

E quanto a mim?, pensei, procurando trechos do livro.

"Hector subiu as escadas e parou no último degrau. Sentia-se como uma sentinela, um guarda-vidas em um posto elevado, esquadrinhou cada canto daquela catástrofe."

Hector? Maldito seja, William! O que você fez?

Virei rapidamente a página, passei pela ilustração onde havia um homem no topo de uma escadaria que se findava no nada, olhando o horizonte destruído.

Voltei na capa, impulsionado pela curiosidade.

O que não compreendia antes, na verdade, era uma ilustração simples, um céu encoberto com alguns raios de sol. O título estava redigido em uma letra confusa, em meio às nuvens, quase transparente,"*Escadas Rolantes*" e embaixo, em letras minúsculas, *William Manfron*.

XI

– Quê? Que significa isso?

Com o livro escancarado em seu terço final, fitei o horizonte agora escurecido. Quando meus olhos acomodaram-se adiante, vi algo tão insano quanto surreal.

– Não é possível! Isso simplesmente não é possível! – sussurrei, levantando-me lentamente.

No horizonte toldado pela escuridão, as nuvens ainda apresentavam aqueles raios de sol, as *escadas rolantes para o céu*. Era insano demais, impossível. O sol já se havia posto, a lua não era capaz daquele efeito. Soltei o livro das mãos, que despencou junto ao projeto que estava sob meus braços, com um leve baque surdo elevou uma diminuta nuvem de pó de concreto. Comecei a gargalhar, diante do impossível.

Passei a massagear os cabelos com as mãos e a gargalhar alto, vislumbrando o horizonte. A brisa soprava com mais intensidade, trazendo aromas de pó, fuligem e morte... Sentia o cheiro da morte e não sabia explicar como, ou descrever como era especificamente.

– Só pode ser um maldito pesadelo! Uma merda de um pesadelo! – gritei.

O vento frio da noite rodeou a casa destruída, assobiando.

As folhas do livro avançaram... E com os olhos saltando às órbitas, vi algo que fez novamente minhas pernas vacilarem:

A ilustração de um homem, um armário sobre seu tornozelo, e uma mulher caídos dentro de um cômodo escuro. No topo da ilustração, a porta da adega semi-destruída e, por trás dela, um ser esguio, braços compridos até quase o chão. Não havia detalhes, era somente a metade de uma silhueta escura parada que parecia observar a mulher.

Num primeiro momento até poderia ser confundido com um ser humano, entretanto, atentando-se às curvas, concluía-se que não podia sê-lo.

– Isso não é humano! Não é humano... – murmurei. Meus braços estavam incontroláveis, trepidavam ao lado do corpo.

Reparei na forma que o homem estava rabiscado, com o sangue rubro cobrindo o rosto... Parecia morto.

Teria aquela coisa achado que a única sobrevivente da destruição era Michelle? Por isso não me levaram?

Relanceei o olhar novamente sobre as nuvens no horizonte. Quanto mais escurecia o céu, mais evidentes tornavam-se as *escadas rolantes.*

As páginas do livro caído avançaram sob uma brisa rodopiante.

Agachei, virei a página seguinte e deparei-me com uma ilustração de duas reentrâncias ovaladas horizontalmente. Fixei a visão por mais alguns segundos, e compreendi. Acima delas havia uma testa, estranhamente enrugada. Eram, na verdade, partes de um rosto. As reentrâncias deveriam conter os olhos e entre elas uma forma estreita e vertical abaixo, como se indicasse a existência de um anômalo nariz.

Com as mãos titubeantes, avancei insanamente as páginas do livro, quase não as conseguia mais controlar. Li algo como: "*... e Melissa, na escuridão, sem compreender o que acontecera, clamava por Hector. Não podia ela saber que nos cantos daquele cômodo, que ainda achava ser a adega, haviam coisas espreitando-a, aguardando...*"

– Santíssimo senhor! – esganicei, cuspindo saliva.

A próxima ilustração exibia uma testa mal desenhada, com um ferimento sangrando. Enquanto segurava a folha oscilante à frente, notei quando os pingos de sangue gotejaram nas páginas da maldita obra de William, manchando-as grotescamente. Passei a mão sobre a ferida que reabrira. Imaginava que minha testa apresentava-se exatamente como a ilustração que acabara de vislumbrar.

– Como pode estar acontecendo exatamente o que fora escrito? Como isso é possível? – bradei.

Repentinamente ouvi um ruído, algo como passos sobre os entulhos. Soltei as páginas do livro, escondendo-me atrás dos degraus da escadaria. Algo se arrastava, vindo da cozinha.

XII

Ainda não estava completamente escuro, poderia enxergar caso algo se aproximasse da sala. Quando finalmente vislumbrei a silhueta surgindo, semicerrei os olhos.

– Não acredito! É você, Michelle? – indaguei, balbuciando.

Vestia a saída de praia de forma medonhamente errada, amarrada em volta de seu pescoço. Senti um calafrio. Segurava-se nos escombros, arrastava as pernas com hematomas como se tivesse sido drogada.

Levantei-me, sentindo uma súbita pseudofelicidade, afinal, Michelle estava viva.

– Meu Deus, Mi! O que fizeram com você? – bradei. – Você está bem?

Ela tentou fitar-me com esforço, mas seu rosto não se elevou, pendeu ainda mais o tronco. Em seguida, meneou levemente a cabeça, anuindo com o que viria a seguir, alguns pensamentos malévolos que surgiram rapidamente em minha mente. *Sim, ela sabia.*

Gargalhei histericamente, avancei uns três passos por sobre os entulhos quando uma lufada de vento açoitou-me as costas. Olhei por sobre o ombro em um ato reflexo, ainda sorrindo, e vi pela última vez o livro levitar com o vento repentino e cair escancarado ao meu lado, exibindo a última ilustração: traços do rosto de uma mulher, certamente Melissa, um dos olhos normais, outro uma reentrância em seu lugar... seu nariz carcomido, meio saliente, meio afundado.

Volvi o rosto aturdido em direção à Michelle. Ela permanecia escorada entre dois entulhos, tronco pendido, cabelos caídos à frente, tentando avançar em minha direção.

Uma voz ecoante penetrou em minha cabeça.

Você estava errado, querido! Quando se chega debaixo da escada rolante ela não some, você não a sente aquecer a pele do corpo. Ela é fria, clara, e depois escura, depois estranha... E depois dolorida, muito dolorida...

Como é? – gritei, quase involuntariamente, afastando-me. Tropecei no canto do sofá e despenquei de costas.

Quando a vi novamente, Michelle estava próxima, bem à frente, na mesma posição segurando-se nos entulhos. As escadas rolantes apareciam bem atrás de minha esposa, gigantes, densas, nítidas e surreais, talvez na rua paralela à nossa aproximavam-se vagarosamente.

Michelle parecia mais alta e então elevou lentamente a feição.

XIII

Próximo das Cataratas do Iguaçu, em um quarto escuro e sujo, havia um velho homem sentado defronte à televisão. Por sobre sua cabeça, pairava uma fumaça densa... um aroma adocicado, que lembrava couro queimado, talvez nuances de bosque incendiado. Sim, tratava-se de um bom charuto, certamente um cubano. Na mesinha ao lado, entre pacotes vazios de salgadinhos e roscas, uma taça de conhaque. Um ventilador de teto girava lentamente, por vezes zumbindo e em um dos cantos embolorados, uma diminuta mala de viagem largada.

O casal de âncoras debatiam as probabilidades do estranho fenômeno que devassara o Centro de Curitiba e o bairro *Hugo Lange*. Era o noticiário da madrugada, o horário atual: 3:33.

No colo do estranho, um caderno de desenhos com folhas A3. De posse de um lápis de grafite mole, rabiscava o papel. O seu forte não era ilustrações, porém o desenho não ficara ruim. Estava cada vez melhor nesta arte por ele até então desconhecida.

A ilustração apresentava um homem sentado atrás de uma mesa decorada, uma bela toalha e um vaso de flores no canto, no interior de uma livraria, cercado de pessoas e fotógrafos e uma enorme fila de pessoas carregando livros.

Duas ou três moscas-varejeiras voejavam em volta da mesa, à procura de alguns restos de roscas doces caídas. Ele afastou uma das moscas que permanecia empoleirada na borda da taça, com o aceno de uma das mãos, elevando-a à boca seca, quebradiça.

Então levantou-se, largando o desenho e a taça sobre a mesa, dirigiu-se à cama, apanhando um projeto literário findado, um pouco amassado e sujo, porém intacto, cujas palavras "*Sem Título*" encontravam-se centralizadas e sobre um nome escrito e ainda compreensível: Heitor Grandhal.

Olhou por sobre o ombro, diretamente para a ilustração que acabara de rabiscar, uma noite glamurosa de autógrafos. Sorriu de forma ironica, e riscou completamente o nome que havia sob o título do projeto. Abaixo dos rabiscos, inseriu em letras garrafais: "William Manfron"

Revelação

I

Meu nome é Mabel Quintela, cresci sonhando em um dia ser Papa. Entretanto, concluíra que nascera em um período errado da história... Não há mais papados, tampouco igrejas. A razão engolira a crença espiritual.

No início do século XXIII as igrejas foram interditadas por um grupo civil denominado *Luz*, criado pelo *Governo Único* conhecido como GOU que nasceu em meados do século XXII num projeto audacioso intitulado Atlântida, em homenagem à recém descoberta de um diminuto continente que existiu há 8000 anos e que fora inumado por um repentino dilúvio.

A nova Atlântida nada mais é que a criação de uma ilha artificial aos moldes da antiga, no centro do oceano Atlântico, onde um colegiado de representantes dos países mais desenvolvidos decide a vida dos seres humanos no planeta. Foi um período de saques, tumultos e mortes.

Tudo começou quando o governo determinou o recolhimento das bíblias. A partir daí, surgiu um dos períodos mais sangrentos da história religiosa: a Revolta Bíblica, evento que dizimou comunidades inteiras. Não era a primeira vez que o governo intervinha na religião do povo. Em fins do século XVIII, a França, ainda país, propôs abolir Deus, substituindo-o por um culto à razão. Então houve uma festa na Catedral de Notre-Dame de Paris, onde uma atriz vestiu-se de Deusa da Razão. Em 1793, no mesmo país, foi promulgado um decreto proibindo a leitura da Bíblia. Ordenou-se que as bíblias fossem queimadas em praça pública como forma de provar ao povo que o governo francês não reconhecia a Palavra de Deus. Cada vez que relia este trecho da história em velhas mídias arcaicas, imaginava as gárgulas, postadas como corvos sobre a estrutura da antiga Catedral, elevando-se, asas distendidas, olhos rubros como fogo, urrando em sinal de vitória. Finalmente poderiam invadir o templo que supostamente não era mais sagrado.

Na segunda vez, o povo revoltara-se. As batalhas passaram a ser travadas no interior das igrejas ou paróquias, onde os fiéis escondiam as bíblias, paramentos, objetos sacros e litúrgicos. Quando os integrantes da Luz passaram a ser abatidos como coelhos indefesos, a *Guarda Republicana*, comumente chamada de *Guarda da Razão*, juntou-se à missão, a mando do *GOU*. Assim, quando a força-tarefa aproximava-se para fiscalização, apreensão e prisão, montavam-se emboscadas que geravam embates extremamente sangrentos, sempre em nome da fé.

Lamentável, tantos anos a antiga civilização ocidental acompanhou e criticou a guerra religiosa no oriente médio para, por fim, criar uma só deles, e pior.

Os bens intactos apreendidos das igrejas, e que seriam destruidos, fugiram do controle do governo e, com a corrupção sobre as mercadorias que eram consideradas valiosíssimas, surgiu um mercado negro que negociava as peças ilegalmente. Papai, um grande colecionador de quinquilharias, tentou adquirir um Turíbulo, porém obrigou-se a se contentar com um Sacrário. Conserva-se entre dois castiçais, acima da lareira da sala. Outra antiguidade religiosa de papai era um quadro do último Papa, um italiano radical do início do século XXII. Com ele, interessei-me pela trajetória dos papados. Era um passatempo interessante, depois passou a ser uma obsessão.

Não há mais igrejas, o antigo Vaticano passou a fazer parte de Roma. Nas antiguidades ainda noto, pelas fotos do bairro Centro daqui, imensas lojas físicas comerciais – hoje só virtuais. É difícil crer que um dia elas existiram. Aliás, ainda é mais difícil crer que existiam casas com quintais e terrenos espaçosos. O Centro era, na verdade, um centro comercial, onde demarcava, efetivamente, o centro da cidade e havia um aglomerado de pessoas com dinheiro físico. Sim, notas de papel. Inacreditável! Hoje não há distinções entre os bairros, que foram redimensionados e numerados, somente enormes prédios com sistemas de segurança avançados.

As reservas de água existem graças a um sujeito do Estado português denominado Ulisses Jaquim, que inventou uma máquina, a princípio extremamente cara, que dessalinizava a água do mar. A máquina, naturalmente, foi patenteada como Dessalinizadora Jaquim. Foi a primeira, colossal e barulhenta, depois vieram outras, mais acessíveis e menores.

Não sabia discernir se era engraçado ou irônico, ou ambos, mas apesar da ausência constante de chuva e o esvaziamento dos rios, o nível de água dos oceanos aumentava constantemente por conta do derretimento das geleiras dos pólos. Algumas ilhas já haviam sumido do mapa. Sobraram duas dezenas das mais de mil ilhas Maldivas, localizadas no oceano índico – os oceanos mantiveram suas denominações antigas. Quando Patmos foi alagada houve comoção por parte da maioria dos fiéis que insistiam em manifestar-se. Visualizaram o fenômeno, inicialmente natural, como uma maldição, um infortúnio, afinal, era o solo sagrado da ilha onde São João escrevera o Apocalipse. Os especialistas creem que, em um futuro não muito distante, os pólos derreterão com mais rapidez e a água cobrirá toda a extensão de terra. Mas isso ainda não é uma realidade factual para nós.

O Povo de Deus, assim conhecido, foi o que restou de uma mescla de alguns fiéis religiosos que sobreviveram ao período sangrento e atualmente agiam, até como ironia do destino, como uma congregação que eles próprios criticavam há algum tempo atrás: a Maçonaria. Mantinham-se escondidos, reconhecendo-se uns aos outros através de sinais, gestos e palavras, assim como os maçons outrora agiam para evitarem a fogueira, durante o período da inquisição.

II

Vi no reflexo de um espelho ricamente adornado um homem velho, aparência cansada, sobre a cabeça quase calva, de escassos fios brancos, um solidéu branco. Este homem, apesar da diferença de idade, era eu.

Aproximei-me da diminuta janela de uma arquitetura antiga, porém preservada. Lá fora, dois andares abaixo, uma praça arredondada completamente lotada de pessoas exaltou-se com a presença da minha imagem. Em meio à multidão, um opulente obelisco.

Acenava a eles e compreendia alguns brados em línguas que não poderia compreender. Ao elevar uma das mãos, vislumbrei partes da férula papal

que segurava. Conservei-me estagnado, mas não saberia afirmar por quanto tempo.

Em frente ao enorme obelisco no centro da praça, em meio à multidão, havia um homem de terno escuro. Parecia fitar-me, embora não conseguisse identificar seu rosto. Sem razão aparente, um arrepio percorreu-me as costas.

De inopino, a janela foi maculada por um intenso rubro. Uma coloração ameaçadora, uma brisa forte e quente como o fogo. No pátio, o desespero da multidão. Pisoteamento, gritos histéricos. Senti um leve odor de carne tostada pairar, embora nunca houvesse sentido tal odor e não soubesse como o identificava, e o fogo emergiu do nada, cercando o povo da praça.

Gritos, guinchos e grasnados anômalos de corvos ecoaram. Minha visão se tornou turva com uma lufada de ar quente. E, antes de assumir qualquer atitude, se é que havia algo a fazer, despertei de um pesadelo que constantemente importunava-me, que jamais me permitia ver seu final e que, principalmente, gerava-me uma sensação gélida por todo o corpo, um pavor quase real... Um pavor quase...

III

O sol nascera pelas fendas de um céu eternamente abrumado, quase estático. Agora o que mais poderia me amedrontar era um possível atraso à primeira aula virtual do dia na sala de estudos coletiva do prédio.

– Andou bebendo?

– Hã?

– Bebendo?

– Ficou maluco? Tive novamente aquele pesadelo!

– Óbvio! Você fica enfurnado naquelas mídias velhas e em antigas teorias de religião!

Jameson, um amigo de infância, cochichava em meus ouvidos enquanto assistíamos a uma aula de Engenharia em um telão gigantesco, postado dentro de um salão repleto de jovens entre quinze e dezoito anos de idade. O vídeo fora produzido pelo Estado Alemão, todavia em Linguagem Única, totalmente compreensível por toda a nação.

Os ensinamentos eram controlados pelo GOU e fiscalizados pela Guarda Republicana.

– De que adianta vermos essas árvores, grama e tudo o mais, se somos proibidos de entrar nas reservas naturais? Aliás, nem sabemos onde ficam! – questionou meu amigo, em voz alta.

S*chiiii*, alguém protestou.

– Claro que sabemos! – arrematei, em sussurro.

No intervalo, no apartamento de Jameson, Olvamar, seu pai, de uma linhagem de antigos Irlandeses – daí saiu o nome do meu amigo, em homenagem ao antigo uísque – era um diplomata e, por vezes, requisitado pelo GOU para serviços secretos que nem meu amigo sabia quais eram. Ele havia dado uma garrafa de uísque industrializado a meu pai. Éramos os únicos daquele Estado a possuirmos uma garrafa de bebida alcoólica de boa qualidade, tínhamos certeza disso.

Sentado diante de uma mesa flutuante à sua frente, o senhor Olvamar cumprimentou-me com certa indiferença, pois se encontrava atribulado demais com dois arquivos digitais.

Fitei-o por um instante, sem que me fizesse perceber, e um estranho sentimento invadiu-me. Senti uma profunda condolência por aquele seu semblante exausto. Era como se eu tivesse um tipo de compromisso em ajudá-lo, não saberia dizer em quê ou o porquê. Não conhecia seu passado, não saberia afirmar quais pesadelos e fantasmas o acompanhavam em sua vida pessoal e, principalmente, em sua atividade profissional.

– Amanhã teremos aula no Parque Central, não é? – inquiri.

– É mesmo, nem lembrava! Que ótimo! – exclamou Jameson, arregalando os olhos.

Sair do prédio era um ato raro, pois apesar da segurança rigidamente controlada, não havia motivos para isso. Os espaços eram escassos entre as construções e não havia nada além de paredes altas, ruas e esgotos. Havia ainda, entregadores aos milhares, em seus Patinetes flutuantes, e Guardas Republicanos pelas esquinas, com suas máscaras macabras, vestimentas pretas com isolamento térmico e à prova de perfurações.

O acesso ao Parque era restrito. Tínhamos que ficar meses na lista de espera para permanecermos meia-hora no seu interior. O cenário era artificial, entretanto dava uma noção realista da época em que podíamos passear entre pessoas descomprometidas com o futuro ou com suas próprias seguranças ou entre animais que hoje são mantidos pelo Governo Local e destinados somente para a alimentação, e entre as árvores verdes, hoje afastadas das regiões habitadas, cercadas e rigidamente vigiadas.

IV

O senhor Golbert, que nos acompanhava pelo interior do Parque, era um inglês altivo, magro e alto, um bom professor.. Éramos um grupo de pelo menos trinta alunos, e passamos a ouvir pelo sistema de som as explicações que junto aos telões espalhados pelo caminho tentavam elucidar as mais curiosas mentes inquisitivas. Ao redor de nós havia uma parede invisível, porém reflexiva. Por vezes a percebíamos, era impossível burlar aquele sistema. Acima, o céu estava cinzento.

Uma feição jovem e simpática de uma adolescente loira surgia nos telões por onde passávamos, dando seguimento a uma parte da disciplina *História Natural*.

Ao final, em uma edificação circular com uma cúpula dourada aos moldes antigos, havia algo extremamente valioso. A nossa geração acostumara-se com a sua existência. Aliás, poucas pessoas interessavam-se pelo objeto em seu interior.

– Por aqui! Formem duas colunas! – ordenou o senhor Golbert.

– Ei, Jame! Sempre me arrepio ao olhar para a Arca! – disse, passando uma das mãos sobre o braço, rapidamente.

– Estou vendo! – ironizou, contorcendo a feição em uma careta, ao visar meu braço coberto pela roupa cinza que evitava a alergia na pele causada pelo pó impregnado no ar, gerado pela falta de umidade. Os olhos eram protegidos por óculos fechados ao redor da cabeça.

A suposta Arca da Aliança fora descoberta durante a construção de prédios residenciais, não se sabe ao certo onde. Diz a lenda que nunca fora totalmente aberta e nas diversas tentativas, os voluntários foram fulminados instantaneamente. Alguns cientistas alegaram que a intensa irradiação acumulada na arca foi produzida pelo solo contaminado durante o início de bombardeios nucleares na costa do mediterrâneo, em fins do século XXII. Sua orla marítima fora alongada por um pequeno lapso de tempo, devido aos efeitos da guerra e logo voltou ao normal, por ocasião do aumento do nível oceânico. Nesse ínterim, descobriu-se a arca em um ponto qualquer da margem temporariamente exposta.

A caixa dourada, com hastes duplas de madeira, uma de cada lado, emitia uma energia ofuscante. Era engraçado ficar ao lado de fora, diante da porta de saída: os visitantes saíam lacrimejando.

– Isso aí é aquela coisa descrita na história maluca relatada por João, não é? – Indagou Jameson.

– São João! – corrigi, visando de soslaio uma veste que flutuava. Era a *Veste Santa*, uma veste religiosa composta por um manto azul e uma túnica branca, com diversos detalhes em púrpura e carmesim, repleta de pedras preciosas e salpicada de diminutas sinetas em ouro. Acima, uma mitra, com os dizeres "Santidade ao Senhor". Certa vez, li algo a respeito: no *Dia da Expiação*, como forma de pagar os pecados, o Sumo-Sacerdote adentrava sozinho o *Lugar Santíssimo*, levando consigo o sangue de um bode sacrificado, amarrado em uma corda presa em seus pés, e com uma longa ponta. Se algo lhe acontecesse lá dentro e as sinetas emudecessem, talvez por ter sido fulminado, os que aguardavam ansiosos do lado externo o puxavam de volta.

– Que seja! Aquilo foi delírio! O povo era muito inculto, não conhecia a tecnologia, a fusão de matérias primas e seus efeitos!

– É mesmo? E por que ele, tão inculto, descreveu o ressurgimento da Arca exatamente como esta aí dentro?

– Sei lá! Coincidência! Veja quanto tempo para se materializar uma história absurda!

– Uma estranha coincidência, não? Nem o GOU ousou comentar a respeito dos testes que fizeram com a Arca!

– Não comentaram porque não havia o que comentar! É uma caixa dourada extremamente radioativa! Algo científico, não religioso!

Evitei prolongar aquele debate inútil. Cada vez compreendia mais o porquê das antigas Guerras Religiosas. O ser humano sociável fora preparado psicologicamente para compreender o evidente. Toda teoria inexplicável, sem base objetiva, acaba sendo descartada pela improbabilidade fática.

Na qualidade de estudantes, tínhamos passes livres. Isto significava que poderíamos passar o tempo que quiséssemos naquele lugar singular. Antes de sairmos por um umbral azul-luminoso em arco, que parecia encontrar-se solitariamente perdido no cenário pois as paredes eram de difícil identificação, paramos em uma praça aos moldes antigos. Árvores e grama artificiais, bancos e brinquedos arcaicos para as crianças que ainda faziam questão de testá-los.

Em um banco à frente, havia dois homens, um recostado ao outro. Estranhei suas posturas em meio à vozearia da turma.

– Senhor Golbert, o que há com aqueles dois? – indaguei.

– Quem?

– Ali, aqueles dois! – apontei com o indicador, através da mão enluvada.

– Não sei, Mabel! Deixe-os em paz! – retorquiu, vislumbrando os demais alunos com uma falsa preocupação. Jameson lançou-me um olhar inquisitivo.

Depois deu de ombros.

– Venha! – puxei-o pelo braço.

Aproximei-me de um agente da *Guarda Republicana*.

– Ei, o que você pensa que está fazendo? – murmurou Jameson. Desta vez foi ele quem me puxou pelo braço.

– Nada! Só vou pedir para ele verificar aqueles dois homens!

– Está maluc...

– Senhor? Senhor? Há dois homens sentados de forma estranha em um dos bancos da Praça! – lancei, cutucando seu braço.

– Estranha? Estranha como, rapaz? – retorquiu o policial, franzindo o cenho e afastando o cano de sua longa arma para o lado, evitando apontá-la em minha direção. Sabia que a arma não era pesada, isso era coisa do passado.

– Não sei dizer, mas acho que estão dormindo!

– Dormindo? Na praça? Vamos ver! – finalizou, em tom de indignação.

– Viu o que você fez? Agora aqueles pobres homens poderão ser presos! – murmurou Jameson, sem que o policial o ouvisse.

– Acho que eles não poderão ser presos! – disse.

– Não? Como assim? – inquiriu Jameson, assustado.

Não respondi.

Deparamos com a dupla bem vestida e estirada sobre o banco. Logo os demais alunos aproximaram-se. O Senhor Golbert lançou-me um olhar penetrante, como se dissesse: *teremos problemas mais tarde, senhor Quintela!*

Desviei o olhar e notei algo brilhar sob o banco. Era um cartão digital de identificação. Depois percebi a mão de um deles caída estranhamente sobre o banco. Algo estava errado, muito errado... desconfiara desde o início.

– Ele soltou o cartão! – murmurei para mim mesmo.

– Como? – perguntou o policial, agachando-se.

– Deixou cair! – emendei, esganiçado.

Foi então que percebi, através da feição pendida de um deles, que seus olhos não estavam completamente fechados, mas semicerrados, fitando a grama. Um olhar embaçado, distante, fixo.

– Ele está morto! – bradei.

Em uníssono, houve uma exclamação de surpresa da turma, que se afastara um passo. O policial fitou-me por sobre o ombro, ainda agachado.

V

– Como foi a aula externa, Mabel?

– Foi interessante!

– Isso é ótimo! Interessar-se pela história da humanidade é... – continuou papai, como se estivesse discursando em Atlântida, com o GOU reunido, em um púlpito elevado. Permanecia sentado em sua poltrona de massagem, de frente para uma tela projetada no canto da sala, que transmitia o clima durante a próxima estação. Não entendia porque aquilo ainda existia. A diferença de clima entre os meses sempre ficava entre dois a seis graus, não havia vento e raramente chovia. Quando isso acontecia era um espetáculo à parte. Às vezes, até alguns fios de luz chegavam ao solo.

– Não isso, mas o que vimos na praça!

Papai finalmente fitou-me por sobre o ombro.

– E o que vocês viram?

– Dois homens mortos!

– Na praça? Que horror! Isso é raro! Haverá penalidades para o Governador do Estado Brasileiro! – exclamou, com certa indiferença.

– Papai, olhe!

Apontei para a tela ao vislumbrar, enquanto meu pai falava, as cenas ocorridas na praça. Em seguida foi apresentado notícias de outras mortes de entregadores, policiais, estudantes, controladores de tráfegos aconteceram em diversos Estados Mundiais.

– O quê? Eles só podem estar brincando! Não haverá penalidades? Como não previram a morte de ambos? Eles controlam tudo! – socou o braço da cadeira e, como consequência, as ondas às suas costas intensificaram, forçando uma massagem mais profunda.

"– Durante a tarde de hoje, várias mensagens chegaram ao GOU, transmitindo a insatisfação do povo em relação à falta de penalidade às

mortes imprevistas." – mencionou uma voz, enquanto a notícia exibia imagens de cadáveres mortos em diversos locais, diversas posições, ocultadas por tarjas negras.

"– Em nota oficial, o GOU disse ter concluído em Sindicância Interativa que não havia como punir os Estados transgressores, pelo fato de não haver culpa consciente." – pronunciou desta vez o âncora digital à frente, enquanto as cenas se repetiam às suas costas.

"– Houve uma falha no sistema que ainda estamos avaliando. Se constatarmos falha humana, penalizaremos exemplarmente." – findou a réplica digital de Jack Loal, um velho homem vestido em toga negra, típica de Atlântida, Presidente do GOU há alguns anos. Sua imagem causava-me um desconforto, às vezes fazia aflorar em mim um sentimento que beirava o temor.

– Mas que diabos...– foram as últimas palavras de papai.

A partir dali, as coisas só pioraram.

VI

Durante as sessões de aula, quase metade da sala permanecia vazia. Pairava uma estranha inquietação, lamurias e, por vezes, histeria, quando descobríamos que determinado aluno fora encontrado morto em um local qualquer. Chegáramos ao caos.

O sistema que apontava a data de morte aproximada de cada pessoa falhara, algo ou alguém decidira alterá-la, ou pior, adiantá-la.

Não sabíamos se o sistema de controle de vidas entrara em colapso, causando aquelas mortes bruscas, ou havia algum tipo de *epidemia* – não se usava esse termo há séculos – avançada que o sistema não detectara.

Por onde passávamos, deparávamo-nos com pessoas jazendo em cadeiras, em escadas e corredores, como se estivessem em pleno exercício de suas atividades.

Certo dia, em companhia de Jameson, deparei-me com dois entregadores mortos, um escorado na porta energética de entrada do prédio, outro a meio metro dela. Ninguém apresentava manchas, sangue ou deformidades... Simplesmente faleciam.

A *Luz*, que só era utilizada em graves conflitos, novamente juntara-se aos *Guardas Republicanos*. Passavam todo o tempo vasculhando as fendas dos prédios, corredores, banheiros e até mesmo residências que não atendiam à sineta do GOU – uma sirene harmônica que penetrava pelas paredes anti-som e desdobrava-se em uma vinheta virtual.

Uma angústia passou a dominar o povo que se mantinha sereno. Ferimentos surgiram, agressões e medo... Medo de algo que o ser humano não mais podia controlar. Medo do desconhecido.

Foi em um dia destes, caminhando pelos corredores internos do prédio que me deparei com a senhora Marta. Ela ultrapassou repentinamente a porta virtual do seu apartamento chocando-se contra meu peito. Lançou-se um passo atrás e permaneceu parada por alguns segundos, fitando-me com os olhos arregalados, Foi aí que percebi uma corda emaranhada em suas mãos. Na verdade, não era bem uma corda, mas um instrumento antigo e raro da religião: um rosário.

Sem pronunciar uma palavra sequer contornou-me, sem tirar os olhos de mim, sumindo na multidão agitada do corredor do prédio.

VII

A força-tarefa fora reconstituída e denominada ironicamente de *Cruzada*. *Luz* e *Guarda Republicana* juntos, fiscalizando o tráfico de indumentários, objetos litúrgicos e sacros, que voltavam à ativa, exibindo-se sem melindres.

Haviam recebido autoridade ilimitada, inclusive com direito à invasão diuturna em residências suspeitas. A todo o momento alguém era preso, espancado e morto, aproveitando-se da inatividade do controle de morte do Estado que se encontrava inativo, pois agora havia um grande descrédito do sistema pelo Estado e população. Emergia, assim, uma revolta intensa e já não era mais seguro caminhar pelas estreitas fendas entre as construções. A perversidade do ser humano ressurgira. Aliás, concluí que na verdade ela sempre existira, só fora pressionada e esconder-se em cantos recônditos de mentes insanas quando o GOU passou a controlar cada movimento do ser humano através de um chip instalado no pulso.

No início, algumas clínicas clandestinas foram permanentemente fechadas quando o Governo Único descobriu que realizavam a extração do chip. O procedimento foi então aprimorado e o chip foi fixado em uma veia do pulso. Somente o GOU possuía tecnologia para aplicar e retirar o chip sem gerar risco de morte ao paciente. Alguns mais ousados tentaram retirar o controlador por si sós, porém morreram pelo rompimento da veia.

Além do pandemônio em que se transformara o mundo à nossa volta, o medo intensificava-se pela realidade na qual vivíamos, sobretudo durante a noite. Aquele maldito sonho tornara-se assíduo. Acordado ou dormindo, o medo passara a ser um amigo fiel do meu desespero. Lá estava o semblante do velho homem em minha feição acenando para o povo do Vaticano e, a cada sonho que regressava mais realístico, mais e mais a imagem do homem de terno defronte ao obelisco incomodava-me... Mais e mais desejava vislumbrar o seu final.

Como diabos afinal terminava o sonho?

Em determinada ocasião na sala de aula, uma das várias aulas noturnas em que o vídeo conservava-se sem sinal, sentimos um odor desconhecido.

FOGO! HÁ FOGO NO PRÉDIO, alguém bradou estridentemente em um dos corredores internos. Entreolhamo-nos por alguns segundos, incrédulos. Isso era quase impossível de acreditar. Há séculos não sabíamos o que era um incêndio, tampouco sabíamos como era seu odor. Beirava quase a uma lenda urbana a ideia de residências serem consumidas por fogo, principalmente se advindo de algum descuido humano ou natural. Tínhamos sistemas de segurança e quase nada atualmente era realizado com a utilização de chamas.

Evacuamos a sala em desespero, alguns foram pisoteados, arremessados contra as paredes e chão.

– Venha comigo, Jame! Vamos avisar meu pai, depois seguimos pelo corredor de acesso às escadas e avisamos o seu! – propus sem aguardar respostas, empurrando-o para fora da sala.

Jameson resmungou. Intuí que fora em anuência ao simples plano improvisado. Ao aproximar-me da porta virtual do apartamento, em meio aos empurrões, notei que ela estava translúcida, sem o sistema de proteção. Alguns móveis estavam espalhado pelos cantos.

– Vamos Mabel, seu pai já deve ter saído! – esganiçou Jameson puxando-me pela vestimenta.

Bradei pelo seu nome, mas só ouvi a zoaria vinda do corredor.

A última imagem que vislumbrei do nosso apartamento foram os castiçais em cima da lareira afastados um do outro. O sacrário que ficava no meio sumira.

Por um instante tive a certeza de que papai fora preso, o local revistado e o sacrário apreendido. Preferia não crer naquela ideia, afinal os detidos estavam sendo enviados para a sede do GOU e submetidos a uma lavagem cerebral. Ninguém confirmara publicamente esse fato, mas o senhor Olvamar, em um descuido, comentara. Depois voltara atrás, remendando o comentário com uma desculpa esfarrapada. Cheguei a duvidar de sua capacidade de diplomata, pois sequer conseguia elaborar uma mentira consistente.

Descemos pela escada projetora até o térreo. Não fosse o fato de nos obrigarmos a permanecer inertes para que a escada pudesse conduzir-nos até o térreo, teríamos uma turba descontrolada e, possivelmente, alguns pontos a mais nas estatísticas de mortes recentes. Saímos do tumulto pela portaria virtual e nos deparamos com uma linha enorme de agentes da Cruzada.

Somos da Cruzada! Estamos aqui para manter o controle da situação! Mantenham a calma e tudo ficará bem, rugiu um som alto, mecanizado e perfeitamente compreensível, por detrás da tropa.

A vozearia foi diminuindo e o cenário permaneceu estático por alguns segundos.

Repentinamente, um estrondo surdo projetou-se de cima. O solo trepidou levemente. Ao mesmo tempo, olhamos para cima. Um vapor quente banhou-nos.

O fogo espalhava-se rápido pelas paredes do prédio colossal onde vivíamos. Enormes fragmentos de concreto desprendiam-se das paredes em sons ásperos. Um grito estridente surgiu antes da balbúrdia que se seguiu, mas não saberia assegurar se havia sido emitido por uma voz masculina ou feminina.

Avancei por um dos corredores estreitos entre as construções, junto a uma pequena turba. Em disparada, visei por sobre o ombro Jameson seguindo pelo corredor contrário, em meio a outro aglomerado. Um segundo estrondo emergiu, mais violento e irascível, propagando-se em nossa direção. Vislumbrei novamente o corredor contrário, a tempo de ver partes do terraço de um prédio despencar naquele local sobre aquelas pessoas, sobre meu estimado amigo de infância. O barulho do concreto atingindo o solo, expandindo-se em meio à nuvem de poeira que se elevara era indescritível.

Não pensei em gritar, tampouco enlouquecer, porém reduzi a velocidade pensando em desistir... Era tarde demais. Havia muito medo, dor e desastre ao redor. Uma forte sensação de angústia e fragilidade invadira-me. Um aturdimento assolara-me.

Alguém do grupo puxou-me pelo braço, bradando algo que eu não ouvia, mas imaginava: *Já era, esquece!* Não sei por quanto tempo nosso grupo sobrevivera, correra sem destino. Ouvíamos estrondos, disparos dos imobilizados da Cruzada, gritos, choro. No caminho havia corpos sem vida, milhares deles... Desviávamo-nos com se fossem antigas lixeiras e bancos da praça.

Deparamo-nos à frente com entulhos de um prédio destruído. Um morro de concreto, vidros, ferros e chamas sóbrias. Um painel digital faiscava, fragmentado em diversos pontos. Piscava, emitindo estática, por vezes ligando por alguns segundos, exibindo sempre o mesmo horário: 3:33.

Ao longe, disparos de imobilizadores, gritos.

– Há uma pequena reserva natural atrás desse prédio! – ofegou um homem, mãos sobre os joelhos, extremamente parecido com papai o que, sob a sombra da noite, chegou a confundir-me. Recordei dele sentado à mesa, ajudando-me a compreender o *Conclave*[2] dos cardeais realizado pela Igreja católica, depois espalhando meus cabelos com um sorriso sincero. Senti lágrimas escorrerem pelo rosto, uma angústia que se tornava cada vez mais insuportável. – É uma boa chance de sobrevivência. – finalizou.

– Vamos! – alguém bradou.

Disparei junto aos demais, lancei-me agarrando às pontas, pedaços disformes de construção, firmando os pés. Naquela confusão, talvez fosse a loucura causada pelo sentimento de sobrevivência, que aflorava em cada um, mas notei que algumas pessoas simplesmente não conseguiam escalar o monte. Dei-me conta de que só eu havia percebido o fato. De início achei graça, era uma escalada simples, extremamente fácil.

– Faça este caminho, igual ao que estou fazendo! Suba nesta coluna de concreto! – bradei para um adolescente apontando o

2 Do latim *cum clave*, que significa *com chave*, é um ritual realizado pela igreja católica. Após a morte de um papa os cardeais enclausuram-se até a decisão-eleição do novo papa.

dedo enluvado, enquanto agarrava em algumas barras de ferro retorcido salientes.

Incrédulo, vislumbrei o adolescente, um pouco mais jovem que eu, colocar uma das pernas sobre a coluna e escorregar. Aquilo chegava à beira do ridículo. A coluna devia ter menos de um metro de altura. Olhei ao redor e notei que várias pessoas simplesmente não conseguiam escalar, por mais fácil que parecesse.

A graça tornou-se bizarra.

Só então minha mente desembotou-se, as engrenagens passaram a funcionar. Aquilo tudo não era natural. Algo de surreal estava por trás daquele panorama maquiado como habitual. Não eram falhas humanas ou mecânicas que produziam todo aquele maldito martírio.

Voltei para frente e avancei sobre o entulho, sentindo certa facilidade em progredir em direção ao topo. Escalei uns duzentos metros de armadilhas em forma de materiais deteriorados de construção. Contudo, quando cheguei ao topo, percebi que todos aqueles que iniciaram a subida haviam conseguido.

À frente, uma visão de magnífico esplendor: a reserva natural fracamente iluminada, em toda a sua beleza e opulência. Alguns ainda conseguiram sorrir, um sorriso sofrido, mas ainda assim era um sorriso.

Pairava um sentimento de esperança que infelizmente durou pouco. O morro era na verdade um prédio parcialmente demolido. Caminhamos até a outra ponta, a uns vinte metros de onde estávamos, e notamos que a sua parede, daquele lado, permanecia quase intacta. Nenhum ser humano sem equipamento apropriado conseguiria descer aquela altura sem risco grave de queda.

Retornei, sentei em um bloco de concreto desconsolado e vislumbrei a reserva natural à frente, maculada por pontos rubros das chamas que a cercavam. Tanto trabalho da humanidade para manter o local preservado e, em poucas horas, a reserva se transformaria em montes de cinza disformes. Alguns se sentaram ao redor e conservamo-nos silentes.

Repentinamente, houve um silêncio aterrador. Em meio aos estrondos, estalos e chamas, gritos e disparos, o silêncio.

Uma brisa principiou a soprar.

Uma sensação gélida invadiu-me o estômago. Não tínhamos brisa há séculos. Seria uma sensação extremamente agradável, não fosse naquelas circunstâncias.

Levantamo-nos vagarosamente, um a um.

Aproximei-me da beirada com os olhos incrédulos no horizonte.

VIII

Permaneci petrificado.

Ao longe, o céu inflamou-se em um rubro que se refletiu em minhas retinas. As nuvens inertes tornaram-se revoltas, acumulando-se rapidamente no horizonte e expelindo fogo. Ainda completamente imóvel pude ouvir gritos histéricos ressurgirem, porém não havia mais disparos de imobilizadores.

Sabia que não havia mais nada a fazer.

De repente, minha mente voltou a exercitar-se. Raciocinei que sempre houvera sinais, prenúncios, porém subjetivos demais para um povo objetivo demais. Informações aparentemente irracionais demais para um povo aparentemente racional demais.

Uma brisa morna soergueu-me os cabelos, enregelando-me completamente o estômago e as pernas. Aquilo não era um pesadelo, um livro digital de ficção ou terror... Era real.

O pavor intensificava-se de forma indescritível. O horror cutucava-me da forma mais profunda. Respirava com dificuldade, principalmente ao dar-me conta de que realmente nada havia a ser feito, não havia motivos para retornar, para se esconder.

As nuvens em chamas aproximavam-se densa e lentamente.

As labaredas que se desprendiam do céu por vezes atingiam o solo, fazendo-o trepidar levemente. O fogo alastrava-se rapidamente. Uma luz altiva surgia acima das nuvens, tal qual um farol em uma noite límpida, ofuscando-me os olhos. O odor proveniente do fogo ao longe atingia meu olfato sensivelmente. Agora conseguia identificá-lo, era o cheiro da mata queimada, madeira e entulhos... Piorou quando senti o cheiro abominável de carne tostada. Conseguia distinguir cada aroma vagueando ao redor.

Aquilo me remeteu a algumas imagens estocadas, empoeiradas em meu cérebro. Sacudi a cabeça, como se pudesse limpar a sujeira, e elas vieram à tona: um sonho, um sonho que se repetira constantemente, um sonho que finalmente revelara seu final. Fragmentos agruparam-se como um quebra-cabeça e vi a imponente praça circular, como vira nas fotos de papai, em meio às chamas, fumaça e desespero. Demônios grasnando como corvos malditos invadindo a praça, devorando pedaços de seres humanos. Pessoas sendo queimadas vivas e sendo arrastadas para baixo, como se o concreto tivesse sua estrutura inconsistente tal qual areia movediça.

A revelação, que um dia fora sonho, agora era real.

Deduzi, ao olhar o panorama abaixo, que aquilo só poderia ser o inferno. Já vira materializar-se em meus sonhos e agora estava ali, sob meus pés. O inimaginável tornara-se real.

Grasnados surgiram ecoados, mais gritos, desta vez com entonação de efetivo desespero. Suas presas seriam aquelas que não conseguiram escalar o morro, os diversos morros em derredor.

Pensava existir um bizarro fundamento para tudo aquilo. Imaginei os seres, apesar de não poder visualizá-los, saindo do concreto e puxando pessoas para dentro do solo, rasgando suas peles. Seres rastejantes alimentando-se de entranhas das vítimas ainda vivas, em desespero inócuo.

Olhei para baixo, ao pé da construção, e meus olhos recaíram em um homem inerte. Fitava-me, olhos incisivos, vestindo um terno escuro. De pronto, outro fragmento de memória surgiu.

Aquele era o homem que não conseguia identificar em meu sonho. Uma labareda perpassou às suas costas. Daquela distância não compreendia como, mas visei cada detalhe do seu rosto por um segundo apenas: Jack Loal, o Presidente do GOU, sorria serenamente com olhos demoníacos.

Por alguma razão, compreendi que ele fazia parte daquilo tudo. Mas como? Por quê? Sim, podia arriscar com novas indagações: O anticristo? O próprio demônio?

Quando a labareda sumiu, sua silhueta desvaneceu junto, como se ele fosse consumido pelo fogo.

Algum alerta interno despertou-me para a ideia de que me restavam somente alguns minutos a mais de vida. Começava a compreender que as inúmeras mortes inusitadas, acontecidas há alguns dias, tinham relação com aquilo tudo. Uma vez lera sobre arrebatamento, inferno na terra, luzes e sons advindos do céu... O Apocalipse, a *Revelação de Deus.*

Esbocei um sorriso histérico, quase pavoroso, ao crer que pelo menos não seria vítima daqueles seres carnívoros, selvagens, pois eles não podiam se aproximar de onde eu estava.

Nunca fizera aquilo, porém decidi elevar as mãos ao céu e louvar a um Deus misericordioso. Ao meu lado, um homem de meia idade sorriu, soltando um grunhido nervoso. Em seguida olhou o horizonte e seu semblante tornou-se sério, olhos vidrados. Finalmente também compreendia. Alguns se ajoelharam, outros rezavam em voz alta. Não rezávamos aquela oração que a civilização antigamente rezava, o "Pai Nosso", até porque só a conhecíamos pelo fato de alguns livros terem sidos negociados no mercado negro e circularem de forma ilegal, mas pedíamos misericórdia, salvação, perdão, do nosso jeito.

Um velho homem vestido de branco, feição cansada, sobre a cabeça quase calva de escassos fios alvos, um solidéu branco.

Pela janela, elevou as mãos da mesma forma, em oração. Quase pude ver nas minhas, uma férula papal surgir, refletindo as chamas... As mãos enrugadas e inseguras.

O vento elevou-se, quase me projetando para trás. A temperatura intensificou-se e fui maculado por uma luz âmbar-avermelhada.

Era a hora. Pavor, angústia, dores e sofrimento haviam sumido como em um passe de mágica. Finalmente fechei os olhos, sorriso esboçado, lábios trêmulos, cabelos ao ar, braços abertos. Imaginei-me como Cristo na cruz do Calvário esperando pelo Pai, pelo arrebatamento final.

Epílogo

Então algo aconteceu, em segundos.

Com os olhos fechados, ouvi uma melodia ressoar, alta e extremamente potente, sentia algo vibrar, algo dentro de mim... Não de forma figurativa, mas factual.

Sentia algo trepidar, em sintonia à melodia, que mais parecia um entoar de sons de diversos instrumentos de sopro em um conjunto harmônico, abafando o horror que nos cercava. Algo suave apesar da altura, elegante, pacificador e encantador.

Tive a insana impressão que minhas células trepidavam... Sim, minhas células produziam uma energia que aquecia rapidamente meu corpo. Não podia visualizar o que realmente acontecia, no entanto acreditava que, pelos poros da minha pele, diminutos feixes de luz principiavam a ganhar forma e, em segundos, já não possuiria mais corpo físico, transformar-me-ia em pura energia, leve e de um suave dourado.

Todo o universo evoluiria.

Os que foram dilacerados pelos Demônios, que Deus tenha

piedade de suas almas. Os que sobreviveram certamente necessitariam de auxílio. Os que morreram pelo arrebatamento, se tornariam guardiões de amigos, conhecidos e, principalmente, parentes que ficaram.

Portanto, éramos guardiões, seres com missões distintas. Como sabia a respeito disso tudo? Não podia responder, simplesmente sabia.

Uma cena panorâmica vista do céu rubro perpassou diante de meus olhos. Sobrevoava as ruínas, os sobreviventes, mas eles não podiam me ver. Localizei em uma das imagens, que se movimentavam rápidas demais: meu pai rastejando nos escombros de Atlântida – que já não acomodava mais o GOU e, de volta àquele lugar onde morava, Olvamar, pai de Jameson que caminhava com as costas pesadas de martírios, violência e degradações passadas. Isso se apresentava para mim límpidamente, como algo concreto e inequívoco.

Então finalmente compreendi o que aconteceu naquele dia em sua residência. Lembro-me daquele seu semblante exausto e que sentira a necessidade de auxiliá-lo. Recebi essa missão em vida terrena, embora ainda não pudesse compreendê-la. Era o momento de cuidar de sua recuperação, purificação, mas não poderia saber quanto tempo levaria para que isso acontecesse, nem se de fato conseguiria.

Meu pai? Vivo, precisando de ajuda! Jameson? Morto! No entanto, acredito que eles permanecerão juntos, pelo menos por um tempo.

3:33

I

Era sempre o mesmo ritual, um eterno e invariável *déjà vu*. Chegara tarde, embicara o veículo na garagem há uns quinze minutos.

Outro dia cheio... Excesso de serviço, escassez de recursos para prover satisfatoriamente a família. Cálculos inextricáveis, valores que não fechavam no balancete final da empresa. Ser o responsável pela contabilidade de uma grande e desorganizada companhia resultava em noites mal dormidas, gastrite e mais alguns fios de cabelo brancos para a farta coleção. Contava com apenas trinta anos e já exibia uma cabeleira grisalha, digna de um cinquentão.

Ajeitei-me sobre a cama macia sem as mínimas perspectivas de atingir os objetivos que havia criado para o futuro e redigido em um pedaço de papel, que agora se encontrava inserido na gaveta do criado-mudo. O diminuto lembrete conservava-se amassado, rabiscado com alguns números de telefone, abandonado. Sabia que não demoraria a alguém livrar-se dele na próxima faxina rápida da gaveta.

Intuí já passar da meia-noite quando finalmente acomodei-me para dormir.

Além da inseparável dor de cabeça que sentia ultimamente,

uma leve dormência massageava meu braço esquerdo, mas certamente esse não seria o pior motivo causador de uma insônia... Não para mim, pelo menos.

Mariana sabia de minhas dificuldades em gerir os cálculos da distribuidora de luminárias, que aumentavam gradativamente. Embora tivesse seus próprios problemas, procurava um emprego para auxiliar nos gastos da casa, porém não havia encontrado muitas ofertas. Possuía curso de nível superior em Administração de Empresas, mas é sabido que, nos dias de hoje, as graduações superiores não fazem grande diferença.

Mais um dia se foi, amanhã será outro, pensei, sem muito raciocínio e excesso de lógica inútil, porém com amargues.

Ajeitei o travesseiro e arrastei a coberta para cima do corpo. Era início de inverno e Curitiba vinha sendo assolada por um frio intenso. Fechei os olhos e os últimos números, aqueles que não se acertavam no balancete da empresa, vagavam pela penumbra da pálpebra fechada.

– Diabos! – murmurei.

Mariana grunhiu, voltando-se para o lado contrário da cama. Permaneci em silêncio, imóvel, consentindo seu regresso para os fortes braços de *Morfeu*.

A cortina mantinha-se parcialmente aberta, permitindo à enorme janela exibir o panorama externo. Mariana apreciava adormecer visualizando o céu e seus mistérios noturnos, as nuvens, a lua, as estrelas.

Era uma noite límpida, lua nascente... E fazia frio, muito frio.

Comecei a lembrar, sem qualquer propósito, de alguns manuscritos que havia redigido há tempos. Conservavam-se em um canto solitário da casa, tão esquecidos quanto o lembrete de objetivos perdido no criado-mudo. Aliás, um dos seus itens era justamente a finalização daquela obra e sua remessa para uma editora local. Acreditava que, a essa altura, esse sonho seria como os restantes: subjetivo demais, distante demais.

Uma variedade de idéais e problemas ocasionais invadiu-me o pensamento, afastando o sono. Concentrei-me, como orientara meu psicólogo, imaginando uma enorme tela branca, tentando limpar os pensamentos para que pudesse adormecer. Contudo, em raras ocasiões esse método funcionara. Repentinamente, ouvi um zunido baixo, algo sibilando.

Afastei a coberta da orelha esquerda e elevei a cabeça.

Silêncio.

Alguns minutos de passaram e o tênue e misterioso sibilo retornou. Olhei vagarosamente, por sobre o ombro esquerdo, no intuito de observar o quarto atrás de mim, ao lado de Mariana. O tom cinza da noite, jorrando pela janela, apesar de não chegar aos cantos que permaneciam nas trevas, permitiu-me acreditar que o quarto permanecia vazio.

Acomodei-me, ainda desconfiado, sobre o travesseiro. Alguns segundos se passaram e outro sibilar emergiu, similar aos demais. Senti um estranho calafrio. Com a mente embotada, sem saber o que fazer, resolvi verificar qual poderia ser a fonte daquele som. Apoiei-me sobre os cotovelos e, com os olhos temerosos, varri o quarto.

Ao concentrar-me por alguns segundos, descobri do que se tratava: havia uma garrafa térmica sobre a cômoda. Normalmente ela chiava. Ao lado, alguns frascos, como os de remédios, que não reconheci. Mariana talvez também sentisse algumas malditas dores, afinal eram tempos difíceis. Por vezes, trazia a garrafa e sorvia alguns goles de café enquanto lia para dormir. Nunca compreendi tal atitude, pois acreditava que a função do café era justamente a de combater o sono.

II

Restabelecida a calma, ajeitei novamente o travesseiro e decidi definitivamente dormir. Fechei os olhos e adormeci.

Alguns devaneios surgiram, entre balancetes levitando, o gerente administrativo financeiro da empresa distribuidora bradando insultos coletivos, os manuscritos levitando em um céu revolto, entrando em combustão espontânea.

Despertei em um sobressalto, a cefaleia e a dormência do braço haviam se dissipado. Era sempre assim: após um determinado tempo deitado, as dores sumiam. Lancei os olhos de revés no teto, onde o rádio-relógio projetava a hora em tom vermelho: 3:33. Gostava daquele relógio projetor.

Concluí, involuntariamente, que sempre acordava naquele horário. Estranhei tal situação, até porque nunca me ativera àquilo, voltei a fechar os olhos.

Antes de regressar aos costumeiros devaneios, uma rápida claridade perpassou pelos meus olhos, como um facho de lanterna. Era apenas conjectura, pois permanecia com os olhos fechados. Abri-os assustado, elevei a cabeça, entretanto, o quarto permanecia como antes, com aquela estranha coloração cinza.

Desde pequeno, sempre tivera medo do quarto escuro, de luzes misteriosas, de seres vagando pela penumbra. Certa vez, Mariana abandonou-me durante uma discussão, indo dormir por três dias na casa de seus pais. Pensei na melancolia, na eternidade que durariam aqueles dias de solidão. Contudo, um sentimento sobrepujou: o medo.

O medo vinha de supostos vultos distorcidos que se esgueiravam pelas paredes à noite, de seres esguios que pareciam espreitar dos cantos escuros do quarto, de barulhos de gotejamento ao longe... Intuí que eram uma boa peça pregada pelo meu cérebro.

III

Observei por alguns segundo a lua, não tentando investigá-la, mas atento a sons estranhos e à visão periférica.

Nada. Silêncio.

Movi a coberta novamente por cima de mim. Sentia, agora, arrepios percorrendo-me o corpo. Não saberia afirmar se eram motivados pelo frio ou por um pavor sem sentido, um pavor que, até aquele momento, parecia-me um tanto ridículo. Desta vez, com os olhos fechados, as imagens do cotidiano haviam sumido. Em princípio, senti-me feliz.

Ainda imaginando aquela tela branca, orientado pelo meu psicólogo, tentava dormir. De inopino, a tela passou a ser maculada por algo, do centro para as extremidades, um líquido viscoso e escuro. Passou a jorrar, tal qual uma pia em processo de desentupimento. Então, compreendi que se tratava de sangue, muito sangue.

Uma dormência abateu-me e já não sabia se me encontrava acordado ou sonhando.

Um beco foi moldado pelo líquido, um beco sujo, largo e solitário. Um brilho resplandeceu no meio de todo aquele sangue que cobria o interior de minhas pálpebras e vi, rapidamente, uma faca cortando o ar e ingressando em meu estômago.

Sobressaltei na cama, ofegando.

Mariana simplesmente suspirou, não despertou.

– Santo Deus, o que foi aquilo? – murmurei, passando as mãos cuidadosamente sobre o abdome e depois pelos cabelos.

Ajeitei mais uma vez o travesseiro e acomodei-me.

As imagens haviam sumido.

Alguns minutos se passaram e notei outra luz similar à anterior atingir meus olhos fechados. Abri-os, desta vez espavorido. Sabia que havia algo errado.

Lancei a mão em direção ao abajur, porém nada havia sobre o criado-mudo além do relógio digital que, para completar meu horror, marcava 3:33.

Crendo que algo mudaria, olhei de soslaio para a hora projetada, através de um mecanismo do rádio-relógio digital, no teto: 3:33.

Aquilo só poderia ser um sonho. Depois de tanto tempo, como ainda poderia ser o mesmo horário? Que luz era aquela que surgia repentinamente? Por que tivera aqueles devaneios com sangue e faca? Estava acordado ou sonhando? Mariana retirara os abajures do quarto? Será que ela quebrou a lâmpada e deixou-o sobre a mesa de jantar, como fizera da vez anterior?

Fechei os olhos recordando da luz que acabara de sentir por sobre a pálpebra fechada, desejando, em pura reza, que ela não voltasse. Fixei os pensamentos na tela branca e senti o cansaço abatendo-me. A tela ondulou uma vez. Na segunda, havia uma pessoa deitada sobre ela. Logo, notei que a tela agora era uma cama de hospital. Um hospital velho, sujo e grotesco.

Subitamente, visualizei o teto. Imaginei que assumira a posição daquele paciente deitado sobre a cama. Sentia dores pelo corpo, contudo, não sentia as pernas. Do teto embolorado, surgiu a imagem da frente de um veículo desgovernado aproximando-se em alta velocidade. Gritos, estouros e estilhaços de vidro. Vi a rua rodar e fui arremessado com mais três pessoas que permaneciam no ponto de ônibus a, pelo menos, quinze metros de distância. Fui lançado exatamente naquela cama, naquela posição. Agora, observava o teto como antes, apenas as manchas de bolor.

Então houve um alarde. Médicos e enfermeiras com os rostos cobertos surgiram por todos os lados. O teto enegreceu, antes que eu sentisse um violento choque de dois aparelhos sobre as mãos de um dos médicos.

IV

Despertei aflito, agonizando como um cão ferido.

Mariana mantinha a tranquilidade de uma noite habitual de sono.

– Deus, o que está havendo? – sussurrei.

Cogitei a ideia de levantar e acender a luz, todavia o medo que me assolava aumentou sensivelmente, mantendo-me por debaixo da coberta.

Fechei os olhos, não com a intenção de dormir, mas porque fora motivado por um sentimento defensivo, como uma forma inócua de afugentar meus temores. Entretanto, algo me trouxe um desespero ainda maior: uma nova luz perpassou meus olhos. Raciocinei, diante de uma maldita e inquestionável conclusão: depois de cada clarão, há um pesadelo horrível.

Antes mesmo de concluir o raciocínio, já vislumbrava o telão branco em que alguns traços emergiram paulatinamente, verticais e horizontais. Dentro em pouco, uma paisagem urbana foi se formando. Da visão do alto de um prédio de uns quinze andares se via a rua estreita lá embaixo oscilar.

Podia sentir o ar frio da tarde, uma brisa anômala que invadia todo meu ser. Uma angustia abateu-me quando me lancei no vazio. Incrédulo, percebi que estava despencando velozmente. A mente agonizando, a adrenalina espicaçando o corpo, os braços gesticulando involuntariamente e a rua aproximando-se. Abaixo, uma jovem mulher com um bebê no colo.

Mergulhei em um mar de sangue e sufoquei-me com sua densidade, o gosto ferroso penetrando em minha garganta. Tentei desesperadamente emergir, agarrei algo pequeno, macio, era o bebê, o corpo sem vida do bebê. Não conseguia vê-lo, mas podia sentir sua barriga flácida, sua pele sensível boiando naquele oceano repugnante.

Notei que havia uma perna longa, meia-calça rasgada. Sabia que pertencia à mãe do bebê. Emergi sobre a calçada dura e elevei-me com dificuldades. O piso fechou-se sobre o mar rubro.

Passei a caminhar, cantarolar. Pendi os olhos e notei que segurava um bebê bem vestido. Verificava se ele estava coberto quando ouvi um zunido do alto aproximando-se rapidamente e gritos de pessoas que apontavam para mim. Algo me atingiu a cabeça e arremessou-me violentamente para baixo. Então, as luzes do dia apagaram-se.

V

Acordei com o cérebro desordenado, apoiei-me em um dos cotovelos e massageei as têmporas.

O quarto regressara.

No teto, 3:33.

Outro arrepio percorreu-me a espinha. O medo cercava-me naquele cubículo maldito. Não restavam mais dúvidas... vivia algo surreal, só não sabia o motivo. O intenso sentimento de pavor havia sido despertado e percorria minhas veias. Comprimi o cobertor com as mãos e meus dedos não demoraram a latejar.

Com os olhos saltando às órbitas, sentia aquele silêncio mórbido, aquela cinzenta imagem tétrica do quarto. Vislumbrava a lua quando, repentinamente, notei algo se mover na escuridão do quarto. Uma sensação gélida tomou-me o estômago, prendi a respiração. Não conseguia acreditar na possibilidade de haver alguém, ou pior, alguma coisa ali tão próxima de mim.

São os seres esguios, escondidos pelos cantos escuros do quarto, cogitei, sequer crendo que a ideia poderia ter uma ponta de realidade.

De repente, do outro lado, outras duas ou três sombras se movimentaram, aproximando-se. Larguei o corpo sobre a cama e cobri-me com o cobertor, segurando-o firmemente sobre a cabeça. Sentia o pior terror de toda a minha vida.

O cobertor foi arrancado violentamente das minhas mãos e lançado em um canto. Sumira na escuridão. Permaneci com os olhos bem fechados, senti uma enorme vontade de adormecer e acordar para um novo dia, porém sabia que teria de enfrentar aquele pesadelo real.

Abri vagarosamente os olhos. Primeiramente, identifiquei o horário desfocado no teto: 3:33. Depois, quatro sombras postadas no escuro, próximas da parede do meu lado do quarto, imóveis, espreitando.

– Jesus Cristo! – murmurei. Era surreal demais, fantástico demais para mim, uma pessoa completamente cética.

Girei a cabeça em direção à Mariana, que mantinha seu sono regular.

– Ela não acordará! – elucidou um dos vultos, voz máscula.

– Quem são vocês? – indaguei, e mal pude me ouvir. As mãos trêmulas, frias como a noite.

– Somos como você, Abel! – disse uma voz feminina.

– Como eu?

– Sim, como você! – afirmou o homem.

– Como assim? O que são vocês? – indaguei, e planejei, olhando rapidamente para o lado, precipitar-me até o interruptor de luz.

– Esqueça, Abel! Você não conseguirá! – disse a voz feminina.

Cerrei os olhos e os vultos ingressaram na faixa de luz da janela, quase ao lado da cama. Quatro silhuetas cinzas: um adolescente, um homem mediano, outro bem mais velho e uma senhora, carregando algo no colo.

– O que está havendo? – indaguei aos brados, tentando vencer o medo, e já sem me importar com o sono de Mariana.

– Você tem de sair daqui, Abel! Viemos te buscar! – disse o velho homem, enquanto os outros dois, o jovem e o mediano permaneciam silentes, feições duras como pedra.

– Buscar? Vocês são malucos? Invadiram minha casa, minha privacidade e querem me levar? Para onde? – sussurrei insanamente, com os olhos projetados em uma mistura entre pavor e ira, expelindo saliva no pijama.

– Não adianta querer consertar seus antigos erros, Abel, é tarde demais! – disse a mulher.

– Tarde demais? Não compreendo!

– Você está morto, Abel! – lançou o velho homem.

VI

Senti um grito sufocar na garganta, afastei-me dos vultos sentando sobre os travesseiros. Sentia medo, pavor, meu corpo estremecia. Recordei, ensandecido, daquele café da tarde junto a Oscar, engenheiro elétrico, que perguntara a uma roda de famintos na cozinha da empresa qual seria o maior medo da humanidade. Eu, sem hesitar, respondi: a morte. Pavorosa, fria, dolorosa e inesperada... Sempre inesperada.

De inopino, fui assolado por alguns retalhos de recordações. Dores de cabeça, dormência do braço esquerdo, dores no peito, era um infarto fulminante. Preocupações demais com a empresa, resultados de menos.

Sirenes e luzes reflexivas, médicos e enfermeiras discutindo naquele quarto sobre procedimentos de emergência... E o teto. Ainda que a luz fraca se conservasse acesa, vislumbrei uma última imagem no teto, antes de desfalecer: a projeção quase invisível da hora: 3:33.

– Deus, agora me recordo! Eu estou realmente morto? – perguntei, murmurando incrédulo.

– Sim, e já faz alguns meses, Abel! – disse a mulher.

– O quê? – sobressaltei.

– Você tem vindo aqui todos os dias! Você está vendo aquela garrafa térmica na cômoda? Olhe ao lado dela a quantidade de medicação que Mariana tem tomado! Ela sente sua falta e pior, sua presença na casa! Mesmo involuntariamente, você a incomoda!

– Isso é impossível, literalmente impossível! Todos aqueles médicos, as dores... Isso não aconteceu ontem?

As entidades permaneceram em silêncio.

– Não é possível! Mas por que vieram vocês quatro? Por que eles não falam nada? – inquiri, apontando um dedo trêmulo em direção aos outros dois.

– Estávamos com os mesmos problemas que você! Não acreditávamos que havíamos morrido! Então, depois de compreendermos, recebemos a missão de vir buscá-lo, para que realizássemos a passagem juntos!

– Todos vocês?

– Não, eu e este senhor! – disse, fazendo um leve gesto cortês com as mãos.

– E quem são esses outros dois? Por que não falam nada?

– Eu não sei dizer ao certo, mas pressinto! Eles são o oposto, vieram verificar qual será seu trajeto final! – disse.

Ao mover-me, os olhos dos outros dois emitiram um leve brilho, tal qual olhos de gato que vagam à noite. Não conseguia encará-los, sentia arrepios pelo corpo, o medo que havia se afastado voltava com todo o seu vigor, se é que havia se afastado completamente.

Novamente, algo surgiu em minha mente, como um filme rodando em alta velocidade. O velho homem que ali estava fora atropelado em um ponto de ônibus com mais três pessoas, e falecera em um humilde e velho hospital de periferia. Recordei da visão que tive, após receber a segunda luz sobre os olhos. Em seguida, a mulher e seu filho sendo esmagados por algo que despencara do céu. Essa foi durante a terceira luz. Havia reconhecido ambos naquela retrospectiva. Ainda, da terceira luz, algo surgiu mais intenso: uma dor violenta de estômago fez ressurgir uma nova imagem, que elucidou a presença de um dos *mudos* ali presentes: um suicídio. Aquele homem mediano arremessara-se de um prédio no centro da cidade caindo sobre uma mulher que carregava uma criança. A própria mulher que ali estava, apesar de vislumbrar o rosto de seu assassino, parado exatamente ao seu lado, não conseguia identificá-lo.

Outra visão surgiu, intuí que se relacionava à primeira luz que recebi sobre os olhos: mostrava o jovem ali estagnado traficando drogas pelas ruas da cidade. Depois, baleando uma jovem mulher em sua residência e, por fim, sendo esfaqueado por um sujeito de outra facção criminosa em um beco impregnado de lixo.

O velho homem e a mulher entreolharam-se, e desta vez, consegui ver a criança em seu colo, porém não havia movimentos, não havia vida naquele corpo.

Mobilizaram-se silenciosamente em direção à porta.

– Ei, aonde vocês vão? Não me deixem aqui! Vocês não vieram me buscar? – esganicei, gesticulando o braço de forma angustiada.

– Sim, mas sentimos que você não poderá vir conosco! Seu destino é outro! – disse a mulher, olhando-me por sobre o ombro.

– Como assim? Não fiz nada de errado! Por favor, não me deixem!

– Não sabemos o que você fez ou deixou de fazer, apenas sentimos! E nosso sentimento deixa claro que você não pode vir conosco!

Notei quando as duas entidades ingressaram na escuridão próxima à porta e desvaneceram. Olhei vagarosamente em puro terror para aquelas duas imagens macabras que permaneciam ao lado da cama imóveis, silentes, olhos por vezes brilhantes.

– Deus do céu! – murmurei.

O mais jovem abriu a enorme boca vazia em minha direção e ruídos ensurdecedores emergiram, ruídos como cães e porcos em luta.

Sua frase logo fez sentido: *Não blasfeme!*

Saltei da cama e aterrissei em um local escuro, úmido, com um cheiro acre e forte. Não havia mais quarto, só um cômodo colossal, como um gigantesco depósito vazio, onde as duas entidades, ao longe e no cinza da noite, espreitavam-me. Ouvia gotejamento pelos cantos e estalos indefinidos, por vezes, longos e distantes gemidos cadavéricos. Senti uma umidade fria sob os pés descalços. Olhei para o chão e notei que pisava em algo denso, viscoso. Sim, era sangue! Pior, meu sangue que escorria dos dedos das mãos, pelas pernas... Esvaía-me em sangue, um sangue frio e rançoso.

– Senhor Jesus, ajude-me! – bradei, sentindo o sangue escorrer pelas órbitas e ingressar em minha boca, um gosto ruim e gélido.

Os ruídos emitidos por aquelas criaturas ecoaram pelo cômodo e novamente fizeram sentido: *Já avisamos, não blasfeme!*

As silhuetas alongaram-se incrivelmente, seus corpos se estreitaram. Aproximavam-se eretos, grunhindo. Não era possível, pela distância, identificar seus traços, mas podia jurar que tinham pelo menos uns quatro metros de altura e corpos anormalmente finos.

Naquele panorama gris escuro, podia ver o mofo das paredes formando rostos diabólicos, seres indescritíveis. E finalmente uma conclusão emergiu límpida em minha mente como a água de uma fonte: *Eles estavam me vigiando! Há tempos me vigiavam. Quando Mariana ausentou-se por três dias, a casa ficou vazia, silenciosa, e passei a perceber a presença deles. As feições escorregando pelas paredes, os seres esguios espreitando dos cantos escuros do quarto, o gotejamento ao longe...*

Tentei clamar novamente a Deus, mas só consegui emitir grunhidos guturais. Despenquei-me sobre as pernas e relembrei o passado. Havia segredos, muitos segredos e contas a ajustar muito diferentes daquelas dos balancetes da empresa.

Condenados

I

Olhava para o chão, para a base arredondada de granito, um semicírculo de mais ou menos dois metros de pedra que se interligava com a escadaria quando senti uma torção em minhas entranhas. Permaneci ali, incrédulo, fitando o chão... Não saberia dizer por quanto tempo fiquei observando o brilho cintilante, ouvindo o tilintar de metal que ainda vagueava moribundo pelos meus ouvidos. Decidi, então, passar a mão vagarosamente sobre o pescoço e nada encontrei.

Pensei nas muitas coincidências que presenciara ultimamente e na imensa indiferença da minha parte em relação aos fatos. Apesar de insano, algo insistia murmurando em meus ouvidos que alguma coisa estava errada, muito errada...

II

Por volta das dezenove horas, o sol escondia paulatinamente sua feição no horizonte, por trás dos grandes prédios sombreados e cinzentos da cidade.

Era mais um dia exaustivo, uma longa e abafada tarde em fins do verão. Havia ainda muitos processos a serem analisados, petições a serem redigidas e reescritas. O tradicional escritório de advocacia no qual possuía sociedade com o doutor Otto, outro grande advogado, ficava no bairro Centro Cívico, em um alto e luxuoso edifício espelhado.

Toda quarta-feira havia novena em uma igreja próxima quando eles reuniam-se para uma sessão de descarrego. Quanto a mim, fazia isso sob o chuveiro. Havia acabado se sair de um banho demorado e reconfortante, mas Nádia ainda não retornara da residência de seus pais. Enrolei-me em uma toalha e passei uma das mãos sobre o espelho fixado acima da pia, para livrá-lo do vapor impregnado. Sorri, ao lembrar que Nádia detestava aquela mania.

Penteei os cabelos cinzentos acertando a franja de um corte magnificamente delineado, exibi os dentes perfeitamente brancos para mim mesmo em uma feição contorcida, como fizera algumas vezes para Maurílio quando ele ainda era criança, e retirei-me.

Maurílio fazia falta, afinal, era nosso único filho. Talvez não tivesse lhe dado todo esse crédito quando ele ainda vivia sob o nosso teto, entretanto me sinto feliz em saber que consegui introduzi-lo em uma das melhores universidades da Itália. No fim do ano teremos outro advogado na família, mais jovem, talvez um diplomata, quem sabe?

Entre esses devaneios, ouvi um estranho e tênue som rascante, como um rangido, que me fez perder o fôlego.

Minha silhueta, sob o umbral do banheiro, alongava-se no corredor que dava para a escada do primeiro andar.

A luz do banheiro era a única acesa naquele momento. Fiquei estático por alguns segundos e segui pelo mezanino até o quarto, desconfiado. Sempre preferira a ducha do banheiro social à da suíte. Lá chegando, antes de encontrar o comutador de luz tateando a parede e fitando a negritude que parecia densa, infinita, senti meus pêlos da nuca eriçarem.

O rangido ressurgira leve.

Tentei imaginar de onde viria o som, talvez do lado de fora do casarão, porém para minha completa descrença, algo afirmava que vinha da sala do primeiro andar.

Era um ruído estranho e, por mais que parecesse improvável, parecia um ranger de dentes, algo como se uma pessoa sofresse de uma dor insuportável. Aquilo me despertou para alguns acontecimentos de dois ou três meses atrás, logo após nos mudarmos. Alguns sons, vozes, murmúrios e rangidos pela casa.

Não estávamos acostumados às residências antigas e preservadas, que estalavam a todo momento. Nosso antigo apartamento era como uma caverna escondida em uma floresta: silenciosa e fria.

III

Certa noite, durante a madrugada de uma das raras noites frias do fim da primavera, Nádia despertara ofegante. Apesar da escuridão do quarto, consegui identificar perfeitamente sua silhueta elevada pelos cotovelos, mas algo me assustou de uma maneira enigmática. Ainda que raras às vezes, ela já fizera aquilo antes, mas nunca de maneira tão estranha. Naquelas circunstâncias, foi a primeira vez que senti o que imaginei ser o calafrio do medo, do desconhecido.

Elevada, com a feição direcionada para o teto, passou a ofegar cada vez mais alto, semicerrei os olhos para enxergar melhor, contudo só via as pequenas nuvens emitidas por sua boca, causadas pela baixa temperatura do quarto. Era uma noite realmente fria. Depois, em meio àquela angústia torturante, passou a grunhir e, ao final, não saberia afirmar se o que emitiu foi uma tosse ou um rosnado macabro.

Definitivamente não era a doce voz de Nádia. Algo a obstruía e gerava uma masculinidade que sua voz não possuía. Senti-me um tanto inseguro naquela escuridão toda, um tanto vulnerável.

Hoje tenho dúvidas do que pensei na época. Intuía que o ambiente instigara a minha imaginação, afinal, era um quarto escuro e alguns sons esquisitos estavam sendo emitidos pela minha esposa, mas que poderiam ser explicados, embora não soubesse realmente como.

Sempre acreditei que o ser humano é imprevisível. Como advogado, já ouvira inúmeras histórias de comportamentos que deixariam qualquer ser racional estupefato. Emitir sons durante o sono, em razão de um pesadelo qualquer, poderia ser algo naturalmente explicável... A última das preocupações que desejava ter.

Assim como das outras vezes, Nádia não se recordou o que sonhara na noite anterior, ou que tivesse angustiada por um motivo qualquer.

Sobre a entonação grave em sua voz, jamais comentei.

IV

Agora permanecia estático, aguardando outro som, um ranger... Seria possível que fosse de dentes? Óbvio que não.

É, o ser humano, sem dúvida, é imprevisível. Lido todos os dias com casos envolvendo fatos reais que muitas vezes são embasados e defendidos com teorias extraordinárias, sobrenaturais. Acabamos sempre desvendando o inexplicável, sempre há uma explicação lógica para tudo. Quando um cliente senta-se na confortável poltrona Luiz XV do escritório, defronte à minha mesa que, logicamente, posiciona-se em um patamar mais elevado, à sombra de diplomas e especializações emoldurados em quadros fixos nas paredes, faço-o cair em contradições e, ao final, confessar sua trama, muitas vezes até bem estruturada. Sempre alego que sua confissão será o primeiro passo para vencermos o litígio, aliviando seu constrangimento e autopunição moral.

– Aposto que é um galho roçando a parede externa da sala, ou a porta de um dos armários da cozinha oscilando aberta! – murmurei para mim mesmo, sorrindo e gesticulando as mãos como se explicasse algo simples ao Júri de uma pequena cidade do interior.

Resolvi adiar o conforto do meu leve pijama e desci o lance de escadas sob a luz do banheiro. A sala conservava um panorama sombrio.

Tentei observar os lados mais escuros, apressando-me em alcançar um abajur acomodado ao lado do sofá. Chegara a perder a compostura por um instante, embora a tenha retomado tão logo a tênue iluminação emergiu. Fora suficiente para espantar os monstruosos fantasmas que assombravam minha mente.

É engraçado como, em determinadas situações, pequenas coisas nos satisfazem, confortam. Numa rodovia longínqua, um posto de combustível; no esporte, um copo d'água; em uma angústia, um abraço sincero; no meio de uma sala escura, com a imaginação fervilhando o medo, a luz.

Estampei um sorriso pela filosofia barata, todavia o sorriso durou pouco. Um estouro fez-me sobressaltar e o negrume da sala retornou de forma implacável. Ainda pude ouvir levemente os fragmentos da lâmpada que explodira espalhando-se pelo assoalho da sala em madeira.

Nesse entretempo, algo se moveu na escuridão e projetou-se rapidamente em minha direção. Não tive tempo de recuar, senti um peso chocar-se em meu peito, uivei como um cão doente, gesticulando os braços de forma ridícula e inócua, recuei e colidi com a parede, perdendo a toalha que foi para o chão.

Em seguida, as passadas leves e ligeiras de Sirino, o enorme e obeso gato siamês de Nádia, subindo as escadas. O maldito dormia no sofá, como um vietcongue em suas trincheiras, aguardando um militar americano desprevenido. O que ele não esperava, era o estouro de uma lâmpada bem ao seu lado. O que me confortava, era saber que, naquele momento, sua taquicardia deveria ser igual à minha.

V

– Merda! – exclamei, ofegando.

Apossei-me da toalha, prendendo-a novamente na cintura e passei a mão nervosamente sobre os cabelos. Girei sobre os calcanhares descalços e, cuidadosamente, desloquei-me até a escada. A última coisa de que precisava, naquele momento, era um corte na sola dos pés.

Sob a luz que jorrava do banheiro, aproximei-me do primeiro degrau quando ouvi um leve tilintar metálico.

Olhei para o chão, para a base arredondada de granito, um semicírculo de mais ou menos dois metros de pedra que se interligava com a escadaria, quando senti uma torção em minhas entranhas...

A corrente de ouro com o crucifixo, que usava desde a promessa que fiz para passar na prova da Ordem, jazia caída, desengonçada. Ainda que não acreditasse em mundos incorpóreos ou seres espirituais, estava em desespero na época, e hoje, quando penso em tirá-la definitivamente, algo me impede, talvez a consciência, não saberia dizer. Mas na verdade, o que mais me intrigou, causando o mal estar repentino, foi o fato de a corrente apresentar-se fechada. Não havia danos, seu fecho estava cerrado na primeira argola, como sempre.

Agachado, cenho franzido, mãos sobre a cintura, toalha emaranhada, refleti por alguns segundos e recordei dos minutos anteriores, quando passara a mão sobre a superfície do espelho e notara que a corrente permanecia em volta do pescoço.

– Mas que... Não pode ser, isso é estranho! Isso é definitivamente estranho! – murmurei para mim mesmo, quase indignado.

Apossei-me da corrente, fitei-a por um instante, abri e fechei o fecho, como se aquilo fosse ajudar na compreensão do fato e, finalmente, recoloquei-a no pescoço. Nádia ficaria estarrecida ao ver o crucifixo estatelado no chão. Era fácil imaginá-la persignando-se com os olhos arregalados.

Confesso que fiquei um tanto assustado com a situação, porém concluí que um bom *Barolo*[3] resolveria o problema. Engano meu.

VI

Calcei os chinelos, já de pijamas, e caminhei até o quarto-depósito. Assim o chamávamos, pois permanecia repleto de entulhos, como árvore de natal e seus apetrechos acondicionados, brinquedos velhos, material de jardinagem e de reposição, como pilhas e lâmpadas, por exemplo. Ocupávamos dois quartos apenas – sendo que um deles permanecia decorado e limpo, aguardando o retorno do *doutor* Maurílio.

Apanhei uma lâmpada embalada, avaliei se sua resistência permanecia intacta, vasculhei uma caixa de papelão e apossei-me de uma luva de borracha, uma pá e três sacolas plásticas do Mercado Municipal. Desci novamente a escadaria para a sala e, desta vez, tomei o cuidado de acender a luz do corredor.

No primeiro pavimento, caminhei mais tranquilo até o segundo abajur ouvindo por vezes o crepitar de vidros sob a sola de borracha, e o acendi.

Desconfiado com a tênue iluminação, decidi acender a luz da arandela do bar, na parede oposta, embora não ajudasse muito.

3 Nobre vinho tinto italiano produzido na região de Piemonte, com uma uva autóctone denominada Nebbiolo.

Aproveitei para acender a luz fria da cozinha, que perdia a força ao adentrar a sala através do passa-pratos.

Troquei a lâmpada e lancei os restos da danificada no cesto de lixo reciclável que Nádia tratava com tanto esmero que desconfiava que teríamos brigas homéricas caso confundisse os detritos. Recolhi a sobra dos cacos cuidadosamente com a pá, mãos enluvadas e, antes de fechar o saco triplo de plástico, uma diminuta ponta afiada rasgou-o, atingindo meu dedo indicador próximo à unha.

– Mas que droga! – murmurei, retirando o caco do dedo com cuidado. Saquei a luva danificada e suguei, com a boca, o filete de sangue que vertia vagarosamente. – Como essa porcaria foi rasgar a luva e as sacolas?

Desloquei-me até a cozinha, lançando com desleixo o saco com o cacos em um dos cantos, exatamente em cima da lixeira. Era, na verdade, outro costume... Outro costume que Nádia odiava.

Lembrei-me desse fato e permaneci à porta, remoendo a dúvida.

Decidi então voltar e inseri-o *dentro* do lixo.

VII

Estava adormecido na sala, no confortável sofá em couro negro, e taça vazia sobre a mesa de centro quando despertei sobressaltado com a campainha gritando em meus ouvidos. O noticiário murmurava em um tom monocórdico o avanço de conflitos pelo mundo.

Calcei os chinelos e dirigi-me à porta. Sabia quem era, já passara da hora de Nádia chegar. Olhei através do olho-mágico, porém, para a minha surpresa, não havia ninguém na linha de visão.

Era uma noite calma e quente. Havia uma brisa intimidadora circulando ao redor da casa.

– Estranho! – murmurei.

Embora soubesse que não devia, girei a tetra-chave e escancarei a porta. No jardim, entre a iluminação indireta projetada dos cantos das árvores que balançavam seus braços ressecados e sobre o gramado perfeitamente aparado, não havia viva alma.

– Mas que diabos...

Permaneci imóvel, aguardando um movimento qualquer. Nada. Empurrei a porta e afundei-me novamente no sofá.

Não suportava mais ver o noticiário do cotidiano. Quando o foco não era a violência, era algum dramalhão a respeito de um *pobre diabo* qualquer, apanhado pela emissora, no intuito de gerar audiência.

Perdi a noção do tempo por alguns segundos, ao reparar uma velha senhora na tela da televisão, que mal conseguia enxugar as lágrimas, balbuciando que não via sua filha há trinta anos. Afinal, o que ela esperava? Que sua filha surgisse do céu e aterrissasse em seu colo confessando que a perdoaria por ter sido doada quando criança, tal qual um filhote de cachorro?

Algo em minha visão periférica despertou-me do devaneio, da indignação. Senti um arrepio subir pelas pernas, algo se aproximava às minhas costas, ofegando próximo ao meu ouvido. Arregalei os olhos incrédulos e, girando-os vagarosamente, intui ver uma mão peluda aproximando-se de meu ombro. Bradei, saltando do sofá...

... Era o maldito vietcongue, novamente pegara-me desprevenido.

Odiava gatos e acho que Sirino já havia percebido isso. Contudo, tinha de respeitar o gosto de Nádia. Ele saiu arrastando as patas, olhou-me por sobre os ombros. Podia jurar que sorria.

Ainda ofegando, ouvi um som ranger às minhas costas. Girei sobre os calcanhares com pontas de ira, e notei, à primeira vista, algo estranho. A porta de entrada encontrava-se escancarada.

Permaneci imóvel, remoendo a visão, quando finalmente lembrei que havia simplesmente empurrado a porta. *Culpa minha! Não devo ter usado força suficiente para que a porta se encaixasse no caixilho!*, pensei, de forma racional. Sorri, aproximei-me e, antes que pudesse fechá-la, um vulto ergueu-se sob o umbral, bem diante de mim.

– Deus meu, quem é você? – esganicei, afastando-me.

O vulto saiu da negritude externa e foi banhado pela fraca iluminação interna.

– Pai? É você? – indaguei, semicerrando os olhos.

Papai não respondeu, simplesmente entrou, passou por mim de forma indiferente e sumiu através do vão escuro da cozinha.

– Pai? O que houve?

Ainda não compreendia o que meu pai poderia estar fazendo em minha casa. Sua visita não me pareceria tão estranha caso eu não soubesse que ele devia estar naquele exato momento, e durante todo o mês na Itália, acompanhando nosso filho e seu neto, Maurílio.

Aproximei-me pelo passa-pratos, clamando por papai. Perguntei o que ele estava fazendo por aqui, por que retornara antes do previsto. Estiquei o braço pela fenda escura e alcancei o comutador de luz. A cozinha descortinou-se.... Iluminada e *vazia, completamente vazia.*

– Mas que... o que está havendo aqui? – esganicei, contornando o passa-pratos e ingressando na cozinha.

Realmente não havia ninguém lá. Minha sanidade agora estava em xeque.

– Pai? – ainda arrisquei um último apelo.

Não notei, quando da passagem do meu pai pela sala, o crucifixo despencar girando, oscilando de ponta-cabeça, preso por um único prego.

VIII

Caminhava pela sala ainda aturdido após ligar para papai que, de pronto, atendeu na pensão que Maurílio atualmente residia, na Itália. Após meu relato, ele sugeriu que aquela história só poderia ter sido obra de um pesadelo.

– *Caro Roberval, simplesmente você adormeceu no sofá, vítima de um bom "italiano"!* – foram suas exatas palavras. O estilo incrédulo que entupia minhas veias vinha do DNA. Sim, aprendera com o mestre: meu pai, o homem mais cético que conheci.

Depois de algum tempo, convenci-me de que não havia visto ninguém. Tudo não passava de uma loucura. O Barolo realmente agira em minha imaginação, projetando imagens inexistentes, só podia ser isso! Tranquei a porta apreensivo e retornei à sala.

Outra sombra, desta vez com chifres, alongou-se, vinda da cozinha. Estanquei confuso, inquieto. Em seguida, Sirino surgiu rebolando aquela gordura toda. Sorri aliviado, chegava a ser engraçado o seu estilo indolente. Ele passou a subir a escada, quando presenciei um fato bizarro que despertou o recente calafrio que me agarra as pernas.

Sirino avançava pelo centro da escada quando parou na metade dos degraus, olhou para frente, arreganhou os dentes, como jamais o vira fazer. Em seguida, retomando sua atitude negligente, caminhou para o lado e subiu pelo canto, por vezes visando de esguelha o centro da escadaria. Em poucos segundos sumiu na escuridão do segundo pavimento.

Fixei o olhar no centro da escada, porém nada enxerguei, mas sabia que havia algo de errado lá. Ao mesmo tempo em que negava a possível existência de alguma força espiritual vagando pela minha casa, sentia meu espírito alertando-me a respeito da presença de algo invisível... Aquele conflito todo era categoricamente ridículo para mim!

– Isso não é possível! Esse gato maldito descobriu meu fraco! Está a todo o momento tentando me assustar! – murmurei, e refletiu-se em mim uma ideia extremamente tola.

Observei a garrafa de Barolo vazia, relanceei o olhar para o canto da sala, onde havia um bar e uma adega climatizada, porém não tive coragem de chegar próximo daquele canto fracamente iluminado.

– Preciso de um trago! Não de um vinho, mas de um trago! – sussurrei.

Um som agudo e ensurdecedor emergiu, sobressaltando-me.

– Ah, não! De novo não, por favor! – balbuciei, os nervos reclamando diante da sineta da campainha ainda vagando pelos meus ouvidos.

Aproximei-me da porta que me pareceu maior, mais robusta diante do medo e, ao visar através do olho-mágico, nada encontrei.

– Não, de novo não! – murmurava, o suor escorrendo pelas têmporas.Repentinamente, um olho enorme surgiu através do visor, pelo lado de fora. Bradei, afastando-me. Tropecei no canto de uma das poltronas que se acomodava ao lado da porta e despenquei sentado, em puro horror.

– Ei, querido, sou eu! O que está havendo aí dentro? – consegui ouvir uma voz lá fora, acompanhada de alguns leves murros advindos da porta, quando ainda findava meu longo grito histérico.

– Meu Deus, devo estar ficando maluco! – murmurei, mãos sobre o rosto, suando em bicas.

IX

Nádia levou a sério meu depoimento. Mantivera-se inerte, boquiaberta, sentada sobre a nossa cama. Creio que jamais me ouvira relatar histórias surreais. Sabia da minha incredulidade quanto a tais fatos. Por vezes, enquanto ouvia-me narrar, Nádia lançava um olhar desconfiado por sobre os ombros, como se acreditasse que, em determinado momento, algum ser errante sairia das sombras em nossa direção. Talvez cogitasse em sair novamente, retornar à igreja no intuito de reforçar a novena.

Por algum tempo, aqueles fatos assombraram minha mente. Relembrava Nádia despertando durante a madrugada, rosnando como um cão do inferno.

Aquela noite mexera comigo, com a minha razão, fez com que minha vida mudasse.

Pressentia seres observando-me no escritório, nas ruas ou parados em semáforos. Fixava a visão em motociclistas estranhos que paravam repentinamente ao meu lado nos congestionamentos, perscrutando-me através da película escura das janelas do carro.

Certamente estava ficando maluco. De um incrédulo radical a um aficionado no sobrenatural... Despencara em um precipício sem fundo. Nádia também fora afetada, entretanto não com a mesma intensidade.

Após uns dois meses, minha vida retornara à normalidade.

O único fato que ainda me prendia àqueles acontecimentos era o ferimento no dedo. Procurei os melhores médicos do nosso caro plano de saúde, porém, apesar da intensa medicação que tomava e das eventuais melhoras, nunca sarava completamente.

Era outono, e no final do próximo verão Maurílio retornaria ao Brasil com o canudo europeu de Direito nas mãos.

Estávamos ansiosos, embora não pudéssemos ir à sua formatura porque o escritório negociava um respeitável contrato com uma empresa multinacional e a assinatura seria exatamente nesse mesmo dia. O presidente havia reservado quatro lugares em sua mesa em que, junto com Nádia, meu sócio e sua esposa, comemoraríamos o contrato regado à champagne.

Maurílio era um sujeito compreensivo, graças a Deus, exatamente o inverso de mim. Eu sinceramente encararia a ausência de meus pais, em um dia importante como aquele, como uma ofensa imperdoável.

O importante, naquele momento, é que aquela agitação toda que o outono trazia, nos fez viver com mais dignidade, afastando os fantasmas que assombravam nossas mentes... Literalmente.

X

No final do outono houve um dia muito frio, incomum. Ou talvez a estação tivesse sido estranhamente quente, pois chovia há alguns dias, porém nunca esfriava demais.

Coberto até a orelha e um pouco tonto, acabara de me deitar após um carteado regado à *Sashimi*[4] e *Taittinger*[5], promovido pelo escritório em conjunto com a multinacional. Ingressando lentamente em uma madorna, senti uma leve falta de ar. Cogitei a ideia de tirar a coberta de cima de mim mas, antes que pudesse agir, senti-a sendo pressionada levemente sobre minha cabeça.

Pensei, de pronto, em Nádia. Provavelmente teria largado o braço para fora da coberta, causando a pressão que sentia em minha cabeça quase toda coberta. Todavia, com os pés, notei que ela conservava-se longe, afastada demais para seu braço prender a coberta daquela forma.

Quando finalmente decidi fazer meus músculos trabalharem, senti a pressão aumentar sobre o cobertor, como se alguém estivesse em pé, pressionando ambos os lados da coberta sobre minha cabeça. Senti aflição e medo... Muito medo. Passei a debater meus pés. Observava o topo da cabeça de Nádia inerte.

Com grande esforço girei o corpo, sentindo meu nariz ser esmagado ao virar-me, uma dor lancinante. Lágrimas escorreram dos meus olhos.

Consegui livrar um dos meus braços, alcancei o abajur e acendi-o. A coberta soltou-se de imediato.

Em um segundo apenas, vi algo estarrecedor. Nunca, até aquele momento, havia presenciado algo que me trouxesse tanto pavor, uma mão enrugada e partes de um braço, como os de uma velha mulher, sumiram por debaixo da cama. Houve

4 Iguaria típica da culinária japonesa, à base de peixes e frutos do mar frescos, normalmente crus, cortados em fatias e servidos com molho de soja e *wasabi*.

5 Uma conceituada *Champagne*.

tempo para notar suas longas unhas pintadas em rubi, algumas descascadas.

Saltei, gritando como um desvairado. Joguei-me em cima de Nádia que sobressaltou, acompanhando-me na sinfonia esganiçada.

– Ficou maluco, Roberval? O que houve?

– Você não iria acreditar, Nádia! – balbuciei limpando as lágrimas, o nariz vermelho e dolorido.

Nádia alisou a testa enrugada, percebendo meu delírio.

Sentado, abracei as pernas com os braços tremendo. Não havia ali a compostura de um bom e velho advogado, mais lembrava um menino abandonado, com frio e fome.

– Santo Deus, Roberval! Você está tremendo inteiro! – disse, sentando-se ao meu lado, esfregando carinhosamente meus braços.

Olhei para a mesa de cabeceira, o Novo Testamento estava de ponta-cabeça, encostado na base do abajur.

Nádia olhou incrédula, por sobre meu ombro.

XI

Marquei consulta com um psiquiatra indicado por Otto, meu velho amigo de faculdade e atual sócio.

Das diversas indagações a que fui submetido, a respeito de medos e traumas sofridos, nenhuma das respostas felizmente encaixou-se nos critérios estipulados pela demência. Ainda assim, o médico com trejeitos estranhos requisitou-me a participar de algumas sessões adicionais. Não sabia se voltaria àquela clínica escura e soturna. Intui que se o paciente chegasse perturbado àquele lugar, certamente sairia maluco após umas duas ou três sessões.

Ainda era cedo e aproveitei para ir até a imobiliária que administrara a venda do nosso imóvel, afinal de contas, fazia uns seis meses que o havíamos adquirido.

Sempre ouvira falar pelos supersticiosos com os quais me deparei, que os imóveis carregavam histórias, algumas felizes, outras dramáticas, algumas até macabras. Um verdadeiro absurdo! Porém minha curiosidade impulsionava-me a confirmar a falsa teoria.

Fui recepcionado pela mesma jovem vendedora que geriu a negociação do imóvel à época. Sua conduta era vulgar, tanto na forma de se expressar quanto na de se vestir. Pôs-me primeiramente a par de que nada havia de errado na venda, como se isso eu não soubesse, como se esquecesse que lidava com um advogado e dos bons.

Enquanto falava, lançava olhares indagadores sobre meu dedo indicador, toscamente enfaixado. Disfarcei meu nervosismo.

Comentei a respeito de encanamentos ruidosos e estrutura estalando. Como não havíamos tido contato com os antigos proprietários, um casal de pessoas idosas, a vendedora garantiu-me que eles haviam morado um bom tempo naquela residência e nunca haviam se queixado do imóvel ou de sons que pudessem incomodá-los.

Não entrei em detalhes, mesmo notando uma leve desconfiança por parte da vendedora, afinal, não queria transmitir novamente a imagem de um desvairado. A sensação não era nada boa.

De qualquer forma, após alguma insistência, consegui telefonar da imobiliária aos antigos proprietários tentando marcar um encontro em um município próximo, a uns oitenta quilômetros, local onde agora viviam. A senhora Marta pareceu-me, pelo telefone, uma mulher sensata. Insistiu em saber a intenção da minha inesperada visita.

Após alguns rodeios acerca dos fatos, por vezes murmurando para que a jovem vendedora não ouvisse, medindo as palavras, notei-a, de relance, franzir o cenho, visando-me dos pés à cabeça, e retirando-se. Ficou nítido seu pensamento: c*ada um que me aparece...*

A senhora Marta poupou-me de realizar a pequena viagem. Adiantou-se, garantindo-me que durante os oito anos em que viveu na nossa atual residência, nada vira de anormal. Descartei a possibilidade de a casa trazer *"uma história"*.

– Querido, você ainda não foi ver isso? – indagou Nádia, lançando um olhar sobre o meu dedo enfaixado ao sentar-se à mesa para o jantar.

– Fui!

– E?

– E o quê?

– Roberval?

– Eu não sei o que há com ele, Nádia! Já fui a uns dez médicos, pelo menos! Apliquei diversas pomadas recomendadas e nada! – disse, irritado.

Afastei o prato de *Risotto Alla Milanese* que tanto apreciava. Perdera o apetite, embora sentisse o agradável aroma do açafrão.

– Você não está levando a sério o problema! – findou.

No início do inverno, precisei amputar o dedo em uma cirurgia inesperada.

XII

Em casa, redigia na mesa principal da sala, em um laptop, um recurso importante, quando lembrei que havia guardado a petição inicial no arquivo-morto. O ressurgimento daquele caso fora uma surpresa para todos no escritório. Na verdade, era comum reabrirem-se processos, revitalizá-los por alguma razão, aquele não seria o único a ressurgir do pó, e tampouco seria o último. Levei um tempo adaptando-me a escrever com a ausência do dedo indicador.

Havia petições e recursos importantes na *sala de espera*, como ironizava Otto. Aliás, ele havia se proposto a redigir os documentos mais urgentes, entretanto, eu nunca gostara de demonstrar fraqueza, inutilidade. Podia fazê-los, a falta de um dedo não era um empecilho suficiente.

O porão de nossa residência era rústico, paredes em pedra e piso em concreto bruto. A porta, admirável: de uma madeira grossa e maciça, que se fechava com uma tramela pesada. Ao fazermos uma pequena reforma na casa, achamos interessante manter o aspecto antigo e original do porão. Dividimo-lo em dois grandes cômodos: o arquivo-morto, documentos que supostamente não precisaríamos mais e a marcenaria, que guardava alguns maquinários sobre os quais me comprometera a aprender, porém nada ainda havia feito. Não sobrava tempo hábil para entretenimentos.

Desci e passei a revirar os arquivos organizados em pastas suspensas. A luz era fraca, assim como a iluminação indireta existente no interior da residência entretanto, no porão, a iluminação era quase medieval.

Em dado momento, absorto nos documentos, ouvi um rangido. Já ouvira aquilo antes, os *malditos rangidos*. Varri o arquivo-morto com os olhos posicionados em cima dos ombros... Um silêncio sepulcral toldou o porão.

Os móveis rústicos, elegantemente posicionados nas sombras, pareciam fitar-me. Senti uma brisa gélida dançar às minhas costas. A luz tremeluziu por alguns segundos e estabilizou.

Apanhei rapidamente os documentos, minhas mãos tremiam. Prendi-os debaixo do braço e desloquei-me até a escada e subi rapidamente os degraus, sem olhar para trás. Algo me espreitava, pressentia isso.

Antes de vencer o topo, na fenda entre um degrau e outro, vi algo que me enregelou os ossos, um par de pernas com hematomas, sujo e e a ponta de uma camisola encardida. Joguei-me para fora da porta ofegando e lancei-a sobre o batente com tanta força, que pareceu o estampido de um tiro de uma espingarda calibre 12.

As folhas que ocupavam o arquivo espalharam-se pelo assoalho em madeira. Permaneci caído, olhos vidrados sobre a porta, recordando-me do som que ouvira no porão, como ranger de dentes que tanto ouvira pela casa, como ouvira na noite em que vira papai que, na verdade, não estava lá...

No dia seguinte retornei ao médico, aliás, ao colegiado de médicos. Diziam ser os melhores do Brasil... *Simplesmente diziam*, eu duvidava!

Aguardavam sentados, discutindo, enquanto eram trazidos vários resultados de exames aos quais fui submetido logo após a amputação do dedo, além das radiografias.

– Não vejo nada! – lancei, irritado.

– Como? – redarguiu o que segurava as radiografias, em pé.

– Não vejo *o meu dedo*! – enfatizei.

Ele esboçou um sorriso contrafeito diante da minha ironia. Sabia que meu comentário não tinha a menor graça, mas era uma forma de exteriorizar meu desprezo a eles.

O menor, sentado no centro da mesa, aparentemente nervoso, não me fitava os olhos.

– O que foi, doutor? Diga-me! O que há? – indaguei a ele, impacientemente. Certamente era o chefe *dos amadores.*

– É difícil para nós dizermos isto, Roberval, mas é necessário! – disse, juntando os exames e as radiografias.

Permaneci silente.

Ele ajeitou-se, enquanto os demais se retiravam da sala, e finalmente me encarou.

– Sua mão apresenta indícios de gangrena.

– Gangrena? Como assim?

– Gangrena é uma necrose que atinge as extremidades do corpo por falta de irrigação sanguínea e, consequentemente, oxigênio, facilitando a proliferação de bactérias que causa a putrefação do tecido.

Voltei ao silêncio, agora aterrador. *Como era possível uma gangrena surgir pelo simples fato de ter-me cortado com uma ponta do estilhaço de uma lâmpada?*

O resultado dessa catástrofe surgiu no fim do inverno: nova amputação, perdera a mão.

XIII

Minha vida novamente entrara em colapso, um colapso generalizado. Enclausurara-me em casa. Otto era realmente um verdadeiro amigo, levava o escritório nas costas.

Nádia passara a rosnar durante a madrugada com mais frequência, causando-me terrores inomináveis. Numa dessas ocasiões, quando se conservava sentada na escuridão grotescamente ereta sobre a cama, em um lampejo, mais precisamente no tempo de um piscar de olhos, Nádia sumira e ressurgira em pé, imóvel, em frente à porta do banheiro. Indubitavelmente estava sendo ludibriado pelo efeito do sono.

Passei a tomar medicação forte para dormir, aleguei insônia. A verdade é que não queria despertar com os ruídos guturais e graves que Nádia emitia, muito menos com suas estranhas locomoções pelo quarto.

Passava o dia e, principalmente, a noite com medo, um pavor doentio dos móveis, das sombras, do telefone, da campainha. Enxergava feições em seus traços. Sirino se aproveitou disso em algumas ocasiões.

Determinado dia, Nádia retornou da garagem ao ouvir o telefone tocar. Estava cansada de ouvir recados na secretária eletrônica, pois eu não atendia aos chamados. Berrou, dizendo que a ligação era para mim e retirou-se, exasperada. Demorei alguns minutos para descer do quarto, desejando que a pessoa do outro lado da linha tivesse desistido, porém ainda permanecia lá, aguardando-me.

– Sim? – balbuciei.

– Dr. Roberval! Não sei se o senhor se lembrará de mim, sou Marta, a antiga proprietária da sua residência.

Mantive o silêncio por um instante.

– Sim?

– Desculpe incomodá-lo, mas estive pensando naquela nossa conversa.

– Sim?

– Queria lhe confessar algo que, na época da venda, achamos insignificante, até porque a vendedora nos disse que você era uma pessoa cética.

– Sim?

– Logo após comprarmos a residência, eu e meu marido recebemos algumas ligações de parentes do antigo proprietário. Diziam que ele havia ficado maluco, recluso na residência e, após algum tempo, haviam-no encontrado morto no porão da casa! Achamos, inicialmente, que a família tivesse criado essa manobra para nos assustar e tentar reaver o imóvel. O arrependimento é um sentimento dolorido, não é mesmo, doutor? Depois contatamos aquela vendedora da imobiliária que o senhor bem conhece e não conseguimos nada, ela desconversava o tempo todo! Foi através do jornal local que finalmente constatamos a veracidade da história.

Conservei o silêncio, olhos saltando às órbitas. Não sabia se desligava o telefone ou gritava que não queria mais ouvir nada. Marta, de forma inabalável, continuou:

– Como somos incrédulos a fatos sobrenaturais, achamos que o fato de ter havido um homem morto no porão da casa seria inofensivo e nos mantivemos morando por oito longos anos na residência, sem qualquer tipo de problema que pudéssemos delegar ao falecido.

Silêncio.

– Dr. Roberval, o senhor está bem?

– Sim!

– Bem, é isso! Não vou mais lhe importunar, ou lhe perguntar se o senhor realmente ouviu ou presenciou algo estranho na casa, até porque não acreditarei. Estou só lhe contando tudo isso porque minha consciência pesou após nossa conversa. Tenha um bom dia!

O sinal intermitente emergiu. Marta se fora, e deixara-me o problema.

Aquelas pernas sob a escadaria não eram do antigo proprietário. De quem eram, afinal? Havíamos feito uma boa limpeza antes da mudança, retirando todos os entulhos que jaziam por lá e não encontramos nada.

Que merda será que aconteceu ao antigo proprietário? Será que algo parecido com o que está me acontecendo? E porque a senhora Marta não teve problemas como os nossos?

Fui até a companhia da Polícia Militar, próxima de casa. O capitão Charles era um grande amigo, participávamos da mesma confraria de vinhos. Fui recebido pelo sargento, que me informou que o comandante estava em férias, provavelmente em Montevidéu, no Uruguai. *O maldito deve estar, a uma hora desta, em uma boa vinícola*, pensei, sorrindo.

– Mas se o senhor desejar conversar com o tenente Pimentel, ele está respondendo pelo comando! – disse o sargento.

Acompanhei o prestativo graduado até a sala do comando.

O tenente, apesar de sua dura feição, aparentava ser um bom sujeito. Meu instinto raramente errava, lidava com todos os tipos de pessoas. O oficial era sério, tradicionalista. Gostava de profissionais revestidos daquela postura, ainda mais na Segurança Pública.

– Em que posso lhe ajudar, doutor?

– Não é preciso me chamar de doutor, tenente! Até porque já vi seu diploma de bacharel em Direito afixado na parede. Também cursei PUC e espero que não se importe se eu tomar a liberdade de lhe chamar pelo nome!

– Sem problemas! E então? – indagou, cruzando os dedos das mãos sobre a mesa.

– Bem, peço que não estranhe o que vou lhe perguntar, sou um homem extremamente supersticioso! – disse, disfarçando o embuste, embora atualmente não duvidasse disso. O tenente aguardou o restante da história, também era profissional nisso, ouvir histórias, muitas delas estranhas.

– Estou morando há quase um ano naquela casa onde a senhora Marta morava, conheceu-a?

– Senhora Marta... senhora Marta... não lembro!

Expliquei a ele o endereço e houve um progresso.

– Ah, sim! Lembro-me dos Gajo! O velho português ficou sozinho no fim da vida, chamava-se Otávio, se não me engano! Eu era pré-adolescente quando jogávamos futebol na rua em frente à sua casa. – disse, forçando a memória.

O pedido saiu melhor que a encomenda!

– Ele era um sujeito estranho? – ajeitei-me, sorvendo o restante do café que me fora servido.

Pimentel estudou-me por alguns segundos.

– Não, geralmente não. Entretanto, nos últimos anos de vida o homem ficou maluco!

– Maluco? Maluco como?

– Tinha mania de perseguição! O meu sargenteante, na época soldado, cansou de ir à sua casa vasculhá-la e nada encontrar.

– É, e ele alegava o quê?

– Ele alegava que... que... estranho, agora estou me lembrando de algumas coisas.

– Que coisas?

– Coincidências!

– Coincidências?

– Sim, estranho. O senhor Otávio também era advogado, e

não possuía a metade do braço! – disse, fitando minha mão de plástico.

XIV

Algumas peças do tabuleiro se encaixavam, mas o quadro geral ficava ainda mais confuso e indagador.

Decidi ir à biblioteca pública,encostei o veículo rente à calçada e entrei. Vasculhei a vida do senhor Otávio em uma central informatizada junto à atendente, porém nada encontrei. Tentei a busca por *"advogado"* e *"morto"*, surgiram inúmeras matérias jornalísticas no monitor.

A jovem atendente contorceu o rosto, permitindo-me continuar a pesquisa sozinho. Aparentava cansaço. Creio que fazia faculdade à noite e trabalhava de dia. Não era fácil, já passara por essa situação.

Após umas duas horas de pesquisa, deparei-me com a foto de um homem vestido em um terno preto, sem a metade de um dos braços, estatelado em um cômodo sujo, escuro: *"advogado encontrado morto no porão de sua residência"*.

A matéria relatava insanidade aguda da vítima e sua morte por parada cardíaca. Um médico psiquiatra, ao ser indagado, respondeu que era completamente normal uma pessoa madura e, principalmente, sozinha, ser atacada por demência e se enclausurar até causar seu próprio enfarte. "É difícil diagnosticar com precisão um paciente que vive sozinho e vai pouco ao médico, até porque, nesse caso, seu estado era duvidoso!".

– Duvidoso? Então como se constatou insanidade aguda? Meus Deus, eles não tinham certeza de nada, por isso não o internaram!

Saí consternado, sabia que Otávio morava sozinho antes de falecer, como poderia me socorrer a alguém próximo dele para sanar as indagações que surgiam? Como faria para tentar compreender o que lhe afligia, causava-lhe a demência?

Encostei o carro na garagem e entrei em casa pela porta lateral. Arrastando os pés, acendi a luz da cozinha e soltei sobre a pia alguns documentos que carregava comigo, uma forma de aliviar a consciência. Não conseguia mais me concentrar no serviço. Passei pela sala, a luz que vinha do passa-pratos era débil.

Quando cheguei ao bar, embora escuro, preocupei-me simplesmente em desatarraxar a garrafa de uísque irlandês que se encontrava em seu terço final e, somente naquele momento, notei algo que despertou minha atenção. Havia alguém sentado no sofá. Não me ative à imagem por causa de sua imobilidade, mas era uma sombra negra, cabeça e ombros.

– Quem é você? – balbuciei, girando sobre os calcanhares. Abalroei a garrafa que se estatelou pelo piso em madeira na beirada de um tapete circular que havia no centro da sala.Por um instante, ouvi somente o som da garrafa girando pelo assoalho e o líquido caindo levemente. O bico da garrafa impedia que o uísque se esvaísse rapidamente.

O vulto, em um lampejo, estava em pé e aproximou-se lentamente... Acuei-me no canto escuro, as pernas entorpecidas, o coração pulsando no meu peito, meus ouvidos... Senti algo envolver a mão de plástico. Fiquei ali parado, anestesiado, como se participasse de um pesadelo... Algo surreal, inimaginável.

Repentinamente, a sombra puxou com vigor a mão de plástico, arrancando-a. Saltei em reflexo instintivo mas fui agarrado e, com uma rapidez incrível, elevou-me pelo braço à altura de seu rosto, foi aí que senti uma dor insuportável, bradei alto, tentando me soltar. Mas a força era intensa, como um torno mecânico. Aquilo comia meu braço com voracidade, ouvia o som da carne sendo mastigada, o osso destroçado.

De repente, um som estridente emergiu, em seguida, a luz.

– O que está havendo, Roberval? Ouvi teus gritos, pelo amor de Deus, diga-me o que houve!

Nádia lançou a bolsa sobre o sofá vazio e aproximou-se

rapidamente. Minha mão de plástico estava no chão, ao lado da garrafa, o piso encharcado de uísque e o aroma do malte pairando no ar.

Um som tênue e áspero oscilava próximo.

– Que barulho é esse? – indagou Nádia, visando por sobre o ombro.

– Lá! – disse, apontando com a cabeça. Ainda segurava firme a ponta do braço com a mão, encolhido rente à parede.

Finalmente Nádia compreendeu o que apontava, o crucifixo oscilando de ponta-cabeça como o pêndulo de um grotesco relógio, preso por um prego.

XV

Desta vez não contei a verdade à Nádia. Ela não precisava passar novamente por tudo aquilo. No dia seguinte, acordei com uma dor incômoda. Arregacei o pijama e notei a ponta do braço levemente enegrecida.

Retornei ao médico e para o meu mais completo terror, vinte dias após, tive de amputar metade do braço. Aquelas malditas bactérias estavam me devorando vivo, passei a ser alimento de micro-bichos, que achava até então insignificantes como a maioria das pessoas acham.

A imagem da estranha silhueta escura mastigando-me o braço não se afastava da minha cabeça. Havia uma conexão, certamente havia.

Ou era uma bactéria gigante travestida de ser humano? Refleti o quão ridículo era pensar naquela possibilidade. Imaginei a cena e, apesar de achar graça numa fantasia molenga com braços lânguidos, permaneci sério. *Deve ser algo criado pela minha mente para justificar a gangrena, só pode ser!*

Após um mês sendo submetido a uma bateria de exames, o chefe dos médicos disse, encarando-me desta vez desde o início, que conseguira finalmente conter as bactérias. Era uma vitória para ele. Para mim, derrota. Dedos, mão e metade do braço... Certamente uma derrota.

Quanto mais avançava a primavera, mais me mantinha recluso, deitado, aturdido com alguns goles de vodka e calmantes. O sol ingressava brilhante demais, esgueirava-se para dentro do quarto, feria-me os olhos. Cerrei as cortinas e fechei cada canto das janelas para que a brisa não entrasse.

Devorava os calmantes como amendoins. Não entendia como não entrava em um colapso generalizado. Creio que meu organismo já possuía um tipo de defesa a esses excessos.

Despertei no início de uma noite. Nádia chegava cada vez mais tarde do seu serviço como gerente de um respeitável hipermercado. Por vezes desconfiava de sua fidelidade, porém passei a intuir que, na verdade, ela evitava ver-me daquela forma, barba por fazer, cabelos e unhas compridos, membros amputados.

De um homem altivo, elegante e boa pinta a um maltrapilho deformado, bêbado e drogado. Os prazeres que possuía na vida esvaíram-se com a minha mão.

Já não degustava mais vinhos com prazer e moderação, tragava goles de vodka... Bebia álcool, não bebida alcoólica.

A luz do abajur refletia-se no teto.

Minha última refeição fora uma lata de *Springles* durante a tarde do dia anterior, meu último banho, a uns quatro dias, no sábado, creio.

Levantei-me atônito, o quarto girava. Com imensa dificuldade, ingressei no banheiro e lá fiquei debaixo do chuveiro. Acionei-o e deixei-o lavar meu corpo, a alma e os sentimentos perdidos.

Não saberia dizer por quanto tempo permanecera ali, água flagelando o topo da cabeça, a única mão escorada na parede. Por um momento, achei ter ouvido um tilintar metálico.

Notei alguns fios de cabelo flutuando pela cachoeira que

escorria pelo corpo. Eram muitos. Lá embaixo, sobre o ralo, algo cintilava. A visão embaçada impedia-me de identificar o objeto.

Entre o murmurar da água ouvia, de forma muito sutil, ranger de dentes. Agora os ouvia em todos os cômodos, seguindo-me, como uma daquelas dentaduras mecânicas de brinquedo que andam, com pernas finas e gigantescos tênis coloridos.

Retirei-me ainda molhado e despenquei sobre a cama. Logo estava me vestindo, a roupa que havia deixado sobre a cama e desci lentamente as escadas, com extremo cuidado.

Pensei em sair para o jardim, fazia uma noite quente, abafada, e eu precisava de ar fresco, renovado. Venci o batente, passando a mão pelo comutador de luz e desci a escada... E ainda descia...

Havia somente três degraus. Não compreendia como não chegara ao jardim. Fixei a visão e aterrissei no porão. Errara a saída, estava drogado demais para identificar o caminho certo.

Antes que pudesse sair, ouvi um baque forte e surdo. A enorme porta em madeira fechara-se, a tramela despencara rudemente.

Pé ante pé, venci a escadaria íngreme. Não havia apoio para os pés e braços que auxiliassem a retirada da pesada tramela, principalmente quando se tratava de um sujeito drogado, fraco pela falta de alimentação e exercícios físicos.

Sentei em um dos degraus, desistindo temporariamente. À frente, na parede próxima, havia um espelho horizontal. Pude ver-me no reflexo.

Intui que a imagem vislumbrada fosse gerada pelas drogas, pela vodka. Estava vestido em um terno preto e descalço. *Impossível*, pensei. Já fazia pelo menos um mês que não tirava qualquer terno do guarda-roupa. A roupa que havia deixado sobre a cama era um longo pijama sujo.

Pendi a cabeça pesada entre as pernas e, dentro daquele grave aturdimento, senti meu estômago gelar. Havia um par de pernas estateladas sob os degraus, uma camisola encardida.

Levantei-me rapidamente e despenquei degraus abaixo. A

metade do braço de plástico quicou duas vezes e sumiu em um dos cantos do porão.

No silêncio que se seguiu, ouvi aqueles malditos rangidos de dentes. Girava frouxamente a cabeça para os lados, porém nada via.

Consegui apoiar-me pelos cotovelos, o porão oscilava, a cabeça pesava. Repentinamente, algo se moveu na escuridão debaixo da escada ccomo um fantasma daqueles vistos em filmes toscos. Logo compreendi que se tratava de uma camisola branca, porém encardida.

Uma velha mulher surgiu, sangue maculava a frente, entre suas pernas. Extremamente magra, seu rosto despencado, um dos olhos negros, roxos ao redor, as mãos enrugadas, unhas longas e descascadas, pintadas em rubi.

Sim, lembrei que aquelas mãos foram as responsáveis pelo sufocamento que sofri em uma noite fria e que depois haviam sumido por debaixo da cama. Seu olho ruim parecia que cairia a qualquer instante... Uma imagem apavorante.

Do ranger de dentes que emitia, movimentando a arcada dentária, passou a rosnar... Havia outros rangeres de dentes que vinham da escuridão.

Recordei-me de Nádia rosnando em plena madrugada. Aquilo que agora me espreitava no porão, tomava seu corpo nessas ocasiões. Ao compreender isso, senti arrepios correrem pelo corpo.

Às suas costas surgiram outras pessoas mal vestidas, gesticulando os queixos, emitindo aqueles ruídos perturbadores. Identifiquei uma outra mulher e três homens.

Pareciam famintos, olhavam-me como um alimento, algo suculento.

Escancarei a boca para gritar, mas não havia mais forças em minhas cordas vocais, meus músculos. Despenquei, tentando levantar, e elevei-me novamente, mas era tarde. Eles já se posicionavam sobre mim.

A velha agarrou-me pelo que sobrara do meu braço amputado, lançando uma mordida na ponta. Senti uma ardência insuportável, enquanto os demais se aproximaram, rangendo os dentes.

Perdendo os sentidos, acreditei ter ouvido em uma voz longínqua e ecoada: *nós precisamos de você, doutor, proteja-nos, proteja-nos...* Ao tempo em que a luz do porão apagou-se, trazendo a escuridão.

XVI

Nádia foi ao velório, aturdida com o que sorveu dos calmantes e da garrafa de vodka que seu marido deixara. Parada cardíaca, constatou-se.

Viu no jornal do dia seguinte, de forma involuntária, a imagem de Roberval vestindo um terno negro, descalço, sem metade de um dos braços, caído próximo ao pé da escada. Alguns jornais exibiram, nas suas fotos, uma mancha esbranquiçada entre os degraus, como se houvesse alguém caído embaixo, vestindo algo branco, talvez uma camisola, porém alegaram ser um efeito do flash.

As bíblias e os crucifixos foram encontrados de ponta-cabeça. A corrente de Roberval jazia no banheiro, em cima do ralo, fecho conectado, intacto.

Nádia nunca se imaginara sozinha, uma viúva precoce.

Recordou-se do dia em que havia falado a Roberval que ele não estaria dando a devida importância ao dedo. Penalizou-se por ela não ter dado essa importância, que tanto cobrou, à conduta do marido. Mal sabia ela que jamais poderia intervir.

Decidiu vender a casa e voltar a morar com os pais. Não havia motivos para permanecer naquele casarão sozinha. Após dois meses, a imobiliária contatou-a. Um jovem se interessou e marcou um encontro para formalizar a venda.

Durante a negociação, sentados em uma grande mesa numa das salas da imobiliária, confessou que estava prestes a casar. A compra do imóvel seria uma agradável surpresa à noiva.

Ao preencher o cadastro necessário à efetivação da transferência do imóvel, Nádia notou que o jovem noivo era um recém formado advogado que acabara de passar na prova da OAB. Sabia isso pelo número elevado em sua licença. Roberval orgulhava-se de ostentar um número baixo, *um advogado experiente*, dizia.

Nádia então comentou a respeito de Roberval. O rapaz entusiasmou-se e complementou que sua noiva se formara na mesma turma, ambos eram advogados.

Seu sorriso era encantador. Havia um brilho especial em seus olhos, uma ambição que Nádia vira nos olhos do seu marido quando casaram.

A vendedora, sempre vulgar na forma de se expressar e vestir, sentou-se ao lado do advogado. Retirou um desenho antigo da estrutura da residência e passaram a dialogar com exaltação. Ela só faltava lançar-se em seu colo. Se estivessem sozinhos, provavelmente estariam discutindo o que fazer no novo quarto do casal.

A pasta histórica do imóvel permanecera aberta sobre a mesa, enquanto se distraíam. A vendedora nunca largava aquela pasta. Nádia imaginou que devia haver inúmeras tramoias arquitetadas ali dentro, algumas concluídas, estratégias da imobiliária, segredos.

Com cautela, girou a pasta e pendeu seus olhos. Havia várias folhas soltas. Passou a vasculhá-las, sempre relanceando o olhar à vendedora, que gargalhava e alisava o braço do jovem noivo.

De súbito, deparou-se com uma foto exibida em um jornal extremamente antigo, que já não mais rodava pela região. Um velho homem vestido em um terno preto, descalço, estatelado em um antigo porão. Várias pessoas mortas ao seu redor. Havia uma grande poça de sangue que brotava da metade de seu braço dilacerado.

Nádia sentiu seu estômago revirar, suas pernas afrouxarem. Roberval morrera daquela forma, porém sozinho, recordou-se que, entre seus últimos devaneios, havia lhe dito que um antigo proprietário morrera assim, de terno preto, próximo à escada, e descalço. Apanhou o antigo recorte que se deteriorava em suas mãos com mais interesse, e passou a devassá-lo:

Advogado maníaco mata e acaba devorado por vítima

Uma história de arrepiar chocou a cidade de Curitiba na noite de ontem. Um grupo de moradores de rua morreu de inanição após um advogado psicopata prendê-los por dias no porão de uma residência, no bairro do Cristo Rei.

Ingrid Marquiase, a única sobrevivente deste terror, para continuar a viver, obrigou-se a se alimentar de carne humana, de um dos braços do advogado Amauri Neves que morreu de parada cardíaca após o ataque desesperado de Ingrid.

De acordo com relatos da sobrevivente, Neves era uma pessoa boa que recolhia mendigos em sua residência para protegê-los e educá-los. Os vizinhos o admiravam. Exibia sempre boas intenções, era cordial e parecia realmente preocupar-se com essas pessoas, mas depois um certo tempo os acolhidos aproveitaram de sua bondade e o advogado mudou seu comportamento passando a castigá-los, trancafiado-os no porão, sem alimentação.

Canibalismo pela sobrevivência

Ingrid relatou exatamente como fez para sobreviver: fez-se de morta ao notar que Neves havia se trancado no porão por um momento de descuido. Então ela atacou-o, devorando-lhe o braço. Neves agrediu-a com diversos golpes em seu rosto, ferindo gravemente um de seus olhos, porém ela não parou. Ingrid foi achada em estado de choque, sentada num dos cantos do porão.

Perguntado qual supostamente seria a razão de Neves passar a agir violentamente, Ingrid disse que todos notaram uma espécie de psicose ou demência, ou até uma possessão demoníaca atacá-lo.

Havia uma foto de Ingrid na mesma página, logo abaixo, escondendo o rosto com as mãos, longas unhas rubi descascadas, o olho enegrecido pelas agressões.

Recordou daquela noite em que seu marido comentara-lhe ter visto uma mão enrugada sumir por debaixo da cama, da imagem do seu pai que surgiu enquanto ele devia estar na Itália.

Sim, eram eles, certamente eram eles! Saiam do porão para articular o medo, pavor, que levaria qualquer um à loucura, a um ataque cardíaco fulminante. Talvez o demônio do velho advogado tivesse se apossado dos mendigos, talvez a versão de Ingrid fosse uma farsa, quem sabe?

Nádia ofegando, postou a mão ociosa sobre os documentos que se espalharam pela mesa. Havia outros dois recortes de jornal, um que mencionava a morte de Ingrid, uma semana após seu resgate e outro mais recente que exibia a matéria de um tal de *Doutor Otávio Gajo*, um famoso advogado da região, morto com as mesmas características de Roberval.

A folha velha, cinza-amarelada, despencou da sua mão. O jovem advogado à frente calou-se, fitando-a e sorrindo.

A vendedora arregalou os olhos... Era tarde, Nádia acabara de saber. Séria, aturdida, recordou-se do que ouvira há pouco: ... *sua noiva se formara na mesma turma, ambos eram advogados...*

... *ambos advogados, ambos condenados, como os demais.*

– Que Deus tenha piedade do jovem casal! – murmurou.

Uma imagem perpassou diante de seus olhos: A imagem da velha mendiga mastigando o braço do advogado e os demais mortos, à espreita.

Agora aguardavam um novo protetor, um advogado que os protegeria. Sempre um advogado, se não o fosse não adiantaria, ficariam eternamente aguardando um, mas que, para protegê-los verdadeiramente, precisaria morrer.. E eles certamente se encarregariam disso.

A Neve De 75

I

No inverno de 1975, mais precisamente em 17 de julho, houve um fato inusitado no Paraná. Foi um dia reservado para a neve que chegara, pela primeira vez, em todo o Estado, pálida e arrasadora. E, embora sua beleza tenha supostamente compensado o estrago que produziu na lavoura de São João do Triunfo, trouxe consigo algo a mais, algo surreal... Algo que seria inesquecível para a comunidade local.

Naquela época, o município resumia-se ao centro, onde habitavam os moradores, e à lavoura margeante. A via principal cortava horizontalmente a cidade. Havia a igreja principal e na sua lateral, atravessando a rua, o paiol que servia às reuniões da paróquia. A rua que passava entre a igreja e o paiol descia uns setecentos metros até o rio e a enorme ponte em madeira. Além, ficavam as principais plantações de milho e feijão. Seguindo a rua em frente à igreja para o lado oeste, havia um denso e virgem matagal e, para o lado nordeste, em um aclive acentuado, uma gruta abandonada.

Os poucos moradores da nossa cidade, que crescia e tentava desenvolver-se lentamente, carregaram-se de roupas, xales, botas e chapéus. As crianças despertaram para novas brincadeiras no solo alvo, frio, de beleza rara.

O milho safara-se. Junho era o mês da colheita e, apesar de meus ínfimos doze anos, já auxiliara meu pai em uma das únicas lavouras aproveitáveis daquele ano, naquela região. Podia imaginar que, em outros locais próximos, provavelmente não tivessem tido melhor sorte. Muitas plantações foram queimadas pelo gelo acomodado nas folhagens, no terreno, grama, pastos.

A animação diante do novo cenário trouxe vida aos moradores. Fora um dia inteiro de neve serena, principiando pela manhã e findando no outro dia, em horários similares. E não obstante termos tido a neve em um único dia toldando a cidade, o frio aqui, diferente dos demais municípios, manteve-se inalterado por cinco dias.

Na transmissão dos rádios da capital, anunciava-se uma certa anomalia no tempo de São João do Triunfo, porém nós encarávamos o frio prolongado como um efeito da neve que, na nossa ignorância de causas e efeitos daquela intempérie, não poderíamos compreender.

Estanislau, amigo de colégio, despertou com a vozearia externa. Teve dificuldade em afastar as duas grossas cobertas xadrezes que o pressionavam contra o estreito colchão de palha. Através da janela, vislumbrou uma das cenas que jamais se desprenderia de sua memória: flocos de gelo pairavam no ar, desciam majestosamente sobre a rua, o paiol à frente, a igreja à esquerda.

Algumas pessoas chutavam camadas salientes de neve, outras arremessavam bolas improvisadas. As crianças, por vezes, caiam de suas bicicletas. Em alguns pontos, a terra mesclara-se com o gelo que se liquefazia por alguma razão, embora o clima se mantivesse frio, gerando uma lama branco-amarronzada.

Acenei da janela de minha residência defronte a dele e recebi outro cumprimento com mais entusiasmo. Em seguida, sua janela foi maculada por um vapor esbranquiçado, provavelmente advindo de sua respiração próxima aos vidros. Em seguida, contorceu o rosto e colocou sua mão no braço direito, emitindo um sorriso débil. Concluí que ainda sentia a ardência da queimadura de uma folha áspera de milho aquecida pelo sol, de um dos recentes dias de colheita. Teríamos um dia inteiro para aproveitar a pérola rara que a natureza nos revelava pela primeira vez no Estado.

II

Quando a neve estancou, o céu fendeu-se em diversos pontos. Logo se tornou límpido, azulado e ensolarado com uma tênue brisa que varria a água dos galhos e telhados. O que ninguém imaginava era o anômalo panorama noturno que emergiu durante a segunda noite. Inicialmente, trouxe estranheza e diminutas pontas de medo à comunidade.

Era a essência de um panorama sombrio, estagnado, frio como uma sepultura. A lua anormalmente grande, tal qual uma bizarra lamparina pendida em uma parede negra, era irreconhecível para os transeuntes que comumente caminhavam até o bar ou à residência dos padrinhos. Algo remexia as entranhas dos moradores, arrepiava-lhes as costas e causava-lhes um temor indescritível.

Apesar de muitos notarem que a naturalidade da noite sucumbira, dando lugar a algo invisível e estranho que pairava em uma pseudo-escuridão como os flocos de neve da primeira noite, ninguém teve coragem de comentar. Alguns arriscaram citar algo nas reuniões informais da praça, contudo a conversa sempre se tornava um monólogo. As pessoas assustavam-se e desconversavam. O povo desejava mascarar a nova realidade, até porque era um acontecimento de um único dia. Ninguém podia afirmar que aquilo perduraria. Entretanto, perdurou, e acentuou-se.

Na terceira noite, o senhor Francisco, meu velho pai, agasalhou-se, montou em seu belo cavalo malhado e deslocou-se até o galpão onde haviam sido recentemente recolhidas parcelas do milho da última safra.

Recordo-me de seu sorriso desavisado sob a luz prata do luar ao cutucar com os pés o lombo do cavalo. Passava trotando pela janela da sala, onde eu permanecia em companhia de minha mãe.

Ele saiu do nosso terreno em direção à rua, lançando diminutas nuvens de vapores de sua boca, passou pelo paiol e dobrou à esquerda, ingressando em um leve declive e ultrapassou uma charrete esbranquiçada pela neve, negligentemente estacionada. Olhou para a lamparina apagada, presa na cela, e decidiu mantê-la ali. O luar era generoso.

Lá embaixo localizava-se a velha ponte de madeira, dotada de proteções laterais e corrimãos, que permitiam a travessia dos oito metros de largura do rio que margeava o município. Dois longos e grossos troncos dispostos nas laterais da ponte, permitiam a alguns caminhões transitar pelas duas margens do rio em segurança.

Papai venceu a ponte e logo deveria visualizar a plantação de milho à direita, ao longe a de feijões e o galpão para o armazenamento. Todavia, algo inexplicável, inesperado, aconteceu. Em uma fração de segundo desmaiou e despertou, sem imaginar por quanto tempo estivera desacordado e por quê.

Encontrava-se em um matagal escuro, onde o luar pouco penetrava. Não compreendia como fora parar ali. As mãos pendidas ao longo do corpo, a ponta da rédea retesada à frente e sumindo na escuridão, como se algo macabro puxasse o cavalo para um local desconhecido. O cavalo gemia de forma grotesca. Tentou compreender o que estava acontecendo, porém era assolado por um intenso aturdimento. Vislumbrava o panorama escuro e em cenas entrecortadas, pelo tempo e paisagem ao seu redor. Era tudo muito rápido, não havia momento oportuno entre elas para uma reação. Sequer pensou em agarrar e acender a lamparina para poder ver o que puxava a rédea, ou na hipótese de saltar do cavalo mesmo sem entender a situação.

Um cacarejar distante e ecoado de galo explodiu em seus ouvidos, despertando-o de outro desmaio. Quando deu por si, conservava-se sobre o cavalo, que trotava próximo à gruta. Esse local ficava do lado oposto à igreja, um declive atrás, no limite nordeste da cidade. A ponte localizava-se ao sul, o que significava que tinha retornado, talvez pelas margens da cidade, ou seja, pelo matagal, ou pela frente de sua casa, no aclive, e descido até a mata espessa que ladeava a gruta. Porém não lembrava, achava impossível ter feito este trajeto sem se recordar.

Finalmente apoderou-se das rédeas caídas pelas laterais do pescoço do cavalo de forma mecânica, com a mente completamente embotada, e dirigiu-se para casa. Os primeiros raios solares maculavam suas costas, seu poncho marrom. Um galo, ao longe, cantou novamente.

III

– Querido, você está bem? – indagou mamãe.

Na verdade, papai havia chegado em casa e se sentadoà mesa, enquanto mamãe servia-lhe o café da manhã, lamentando-se da preocupação que havia tido durante a sua ausência, todavia ele não tocou no desjejum. Permaneceu ali até à noite, inalterado, quando se recolheu para dormir. Não almoçou, tampouco jantou. Também não disse uma palavra sequer.

Nos dias que se seguiram, papai permaneceu silente e estranho... Na verdade, muito estranho.

Ainda naquela tarde, encontrei-me com Estanislau.

– Como está o braço? – inquiri, sorridente.

– Está melhor! Ah, o pai pediu para perguntar se terá carteado esta noite lá na sua casa! – indagou, ajeitando o pedal da bicicleta.

– Acho que não! O pai foi fiscalizar o galpão ontem à noite, mas chegou estranho!

– Estranho? Estranho, como? – perguntou, largando a bicicleta e sentando-se em uma pedra com a ponta cinza, quase enxuta.

– Não sei! Parece meio aéreo, sabe como? Desligado do mundo!

Estanislau arregalou os olhos de forma estranha. Sem saber por qual motivo, alguns arrepios percorreram meu braço.

– O que foi, Estanislau? O que há?

– Nereu, ontem aconteceu algo assim com a minha mãe!

– Como é?

– Sim, ela foi estender as roupas no varal no início da noite, apesar do frio e da contrariedade do papai, e sumiu! Apareceu só no dia seguinte! Acho que perambulou a noite toda com a cesta de roupas nas mãos!

Não tive coragem de prolongar aquele nosso diálogo, mas soube mais tarde que várias pessoas haviam assumido aquele comportamento estranho na noite anterior, despertando em pontos distintos da cidade.

Na quarta noite mamãe trancou a porta de saída, no entanto, notou que era desnecessário. Papai ainda permanecia atônito, agindo de forma mecânica, e não demonstrava a intenção de sair de casa.

Como em todo mês de férias colegiais, chegara o dia do famoso acampamento no quintal. Sempre fazíamos com a participação de quatro amigos, cada vez no quintal de um dos membros do "Acampamento do Triunfo", assim o denominamos. Já fazíamos isso há mais de três anos, mas com os acontecimentos recentes, a mãe do Valdo não permitiu sua participação.

Estanislau veio, pois sua mãe normalmente era quem impunha uma disciplina mais severa e, como permanecia atônita, seu pai não o obstaculizou, com a promessa de que minha mãe ficaria na guarda dos pré-adolescentes. Afinal, ninguém havia realmente desaparecido na cidade, nem morrido.

Mateus também apareceu, na companhia e sob os protestos

de sua mãe. Na divisória da cerca, minha mãe a acalmou, alegando que cuidaria pessoalmente das crianças.

Sentou-se na poltrona de balanço de papai defronte à janela, uma espingarda de caça carregada sobre as mãos. Daquele local, podia ver a barraca próxima, montada sobre um lindo tapete prata-claro. Em alguns pontos, a grama surgia constrangida.

Alguns colchões velhos de palha forraram o chão interno da cabana, no intuito de evitar que a água fria do degelo molhasse nossas camas improvisadas.

Levamos um lampião de querosene, chocolate quente que mamãe fez com muito esmero e alguns sanduíches de presunto e queijo. Contamos histórias de terror, jogamos dominó e damas em tabuleiros confeccionados por nós mesmos.

Despertei durante a madrugada, que parecia mais fria, embora o cenário nunca se alterasse. Ajeitei o cobertor pesado e, por uma diminuta fresta abaixo da barraca, pude contemplar aquele terreno branco tingido de prata, frio e pálido. O meu relógio de pulsomarcava 3:33. Sabia que aquela imagem seria inesquecível: um acampamento sobre a neve com os verdadeiros amigos de infância. Sorri e permaneci ali, deitado. De súbito, uma sombra alongou-se rápida no quintal e sumiu.

Levantei-me em um sobressalto e Estanislau emitiu um grunhido de susto.

– Está maluco, Nê? – esganiçou Mateus.

– O que foi? O que aconteceu? – indagou Estanislau, um tanto impaciente.

– Vi uma sombra do lado de fora! – balbuciei, inseguro.

– Pára com isso, Nereu! As histórias de terror já eram, não têm mais graça! – disse Mateus, ajeitando o travesseiro de penas.

– Não, não é história, nem piada! Eu vi, sei que vi! – exclamei. – E se for algum animal selvagem?

Estanislau e Mateus entreolharam-se e notei, pela primeira vez, certo pavor em seus semblantes. Havia rumores de que vários galinheiros tinham sido atacados por algum animal selvagem na noite anterior.

– Não foi a sua mãe? Talvez tenha vindo conferir se estávamos descobertos ou algo assim, não? – sugeriu Estanislau. Mateus afrouxou o semblante, aceitando como evidente a versão do amigo.

– Acho que não! A sombra aproximou-se muito rápida, como um salto de um animal... E sumiu!

– Você não estava sonhando, Nê? – inquiriu Estanislau.

Por um momento fiquei confuso, depois meneei a cabeça.

– Bem, então vamos ver! – propôs Mateus, arremessando o cobertor para o lado.

Saímos cuidadosamente da barraca e fomos engolidos pelo frio da noite, uma noite clara e sombria.

– Olhem só a lua! Nunca a vi tão grande! – confessou Estanislau, emitindo um vapor denso e esbranquiçado da boca.

– É! – dissemos em uníssono.

– Não há nada aqui!

Ao redor, o terreno solitário, a cerca e a rua. Do outro lado, um terreno baldio infestado por um matagal considerável, parcialmente coberto de neve, e três árvores de pinus que se sobressaiam em estatura. Ao lado, a residência de Estanislau, completamente escura.

– Sua mãe ainda está lá? Não consigo ver! – emendou Mateus, apontando para a janela de minha residência, porém sabia que mamãe jamais nos abandonaria.

– Creio que sim, mas também não consigo enxergá-la! – retorqui.

A imagem da lua refletia-se na parte envidraçada da janela e não nos permitia identificar coisa alguma no interior da casa.

Repentinamente, um assobio ao longe cortou a noite. Um assobio animal, que poderia confundir quem não tivesse intimidade com o som, sem dúvidas, não era um som humano. Mateus foi o único que sorriu depois de um tempo, postou os dedos indicador e polegar sobre a boca e antes que emitisse qualquer som, Estanislau retirou-os rapidamente com um tapa.

– Ei?

– O que pensa que está fazendo?

– Ué? Ia responder ao assobio!

– Está maluco? Não é de uma pessoa, não está vendo? Você não sabe que não se assobia à noite?

– Quanta bobagem!

– É verdade, atrai forças da noite, demônios!

Mateus deu de ombros e voltou-se para a residência, pousando os olhos de forma indiferente na janela cortada em cruz, quatros diminutos vidros iguais. Vislumbrou a lua nos dois de cima e a ponta dos dois pinus maiores nos de baixo.

Uma expiração mais forçada fez com que uma densa nuvem de vapor se projetasse de sua boca à frente, anuviando sua visão por um instante. Ao desvanecer, Mateus notou algo estranho na imagem da janela. Parecia haver alguma coisa na ponta do pinus maior, tal qual uma grande bola disforme. Semicerrou os olhos e, antes que pudesse virar-se para verificar o fato, ela distendeu-se, como uma silhueta arcada de um homem e saltou de forma inumana, riscando a silhueta da lua.

Mateus volveu-se para o terreno baldio rapidamente, mas era tarde, não vira mais nada.

– O que foi desta vez, Mateus? – perguntou Estanislau, gesticulando os braços de forma indolente, como se aceitasse agora qualquer relato surreal.

– Não foi nada! Pensei ter visto algo!

IV

– Mãe? – cutuquei seu ombro e ela se delongou a acordar, a arma caída sobre o tapete, próxima a seus pés.

– Santa Maria! O que houve? – exclamou finalmente ao despertar. Levantou-se de um pulo.

– A senhora dormiu aí sentada! – disse de forma irônica, tentando desrespeitá-la o mínimo possível, gesticulando a cabeça em direção à poltrona que findava seu balanço de ir e vir.

– Não é possível! Isso nunca me aconteceu!

– É? E quantas vezes mais a senhora ficou de vigília?

Mamãe não me respondeu, contudo demonstrou indignação, não com as minhas palavras, mas pelo fato de ter adormecido, de ter sido tão irresponsável. Não contei a ela sobre a sombra e não soube a respeito do que Mateus realmente vira.

Havia sido mais uma noite de selvageria com os animais do município, em especial, os galos. Mais pessoas sumiram noite adentro, despertando em diversos pontos. Os dias passavam rápidos e as noites delongavam-se.

À tarde, a família Canglione reuniu-se defronte à igreja junto com o sargento Meira, dois cabos da guarnição policial e Faro, um cachorro branco, manchas amarronzadas, sem raça, que afirmavam ser um ótimo *perdigueiro*[6]. A senhora Marta clamava pelo seu filho mais novo, que contava com vinte e poucos anos e desaparecera na noite anterior.

Acotovelei Estanislau que, entendendo de imediato minha intenção anuiu com a cabeça, e seguimos a turba formada com o objetivo de achar o rapaz.

Mantivemo-nos junto ao sargento e à senhora Marta, descendo a via em direção ao rio, enquanto um dos cabos, junto a alguns curiosos, deslocava-se em direção à gruta, a nordeste, e o outro em direção à mata oeste.

O sargento Meira tinha a passada larga e, por vezes, tínhamos de correr. Caíamos em algumas ocasiões, não só as crianças e

6 Cão que caça perdizes. Em uma linguagem mais regional, significa simplesmente um excelente farejador.

adolescentes, mas os adultos, em razão das espessas camadas de gelo formadas sobre o terreno acidentado.

Avançamos pela ponte, vasculhamos o galpão e as plantações de milho e feijão, depois seguimos pela margem do rio até próximo à mata oeste. Em determinado momento, Faro passou a ladrar e arremessar-se para frente, retesando a linha da coleira.

– Ei, Faro! Calma aí, rapaz! – bradou o sargento.

O rio fazia uma curva acentuada e tornava-se extremamente raso. Quando conseguimos nos aproximar do local, com as canelas na água, vi com horror o corpo do jovem Canglione no centro do rio, em um local mais fundo. Um grito sufocou em minha garganta. Nunca vira um morto antes, ainda mais naquelas circunstâncias. Aquela imagem ficaria impregnada em minha memória.

De início, levarmos alguns minutos para descobrir se se tratava realmente do filho da senhora Marta. Seu tronco estava imergido na água entre algumas pedras e suas pernas elevadas, oscilando em harmonia à leve correnteza. Faro avançou por sobre as pedras e passou a morder a barra da sua calça jeans, tentando tracioná-lo para a superfície. Contorci a feição quando notei a barra da calça do jovem morto ser rasgada, ferindo seu tornozelo.

– Deus meu! – sussurrou o sargento, retirando a cobertura da cabeça!

– Não, não é possível, como isso foi acontecer? – lamuriava-se a senhora Canglione.

Permanecemos ali, a uns seis ou sete metros do corpo, ou melhor, das pernas do cadáver.

– Sargento, ele parece não apresentar ferimentos mais graves! Seu peito deve ter ficado preso no fundo, entre estas duas pedras maiores! – concluiu um velho curandeiro agachado em algumas pedras próximas do corpo, apontando o local com o dedo indicador... Um curandeiro que normalmente tratava as pessoas com chás ou simpatias e, nas horas vagas, auxiliava os policiais em locais de crime.

– Vamos investigar, dona Marta! Isso não ficará assim! – disse o sargento em tom de sinceridade.

Posso imaginar o que aconteceu! O rapaz foi dominado por aquela estranha sonolência e não teve a sorte dos demais, acordou debaixo da água!, pensei.

O sargento Meira fitou-me os olhos como se pudesse ler meus pensamentos. Embora realmente não pudesse, ficaria curioso com os meus devaneios.

V

Naquela noite, houve uma reunião coletiva no paiol utilizado pela paróquia. Um dos coroinhas transitou de charrete pelo centro, convocando a comunidade através de um megafone.

Papai não foi. Aliás, não respondia às nossas indagações. Mamãe trancou-o em casa e levou a chave. Inicialmente, creio que eu ficaria em casa, mas acho que ela teve medo de me deixar sozinho com o papai.

As pessoas aproximavam-se da paróquia como vaga-lumes, portando lamparinas sobre as mãos. Passamos por um lamaçal na entrada, ainda com o gelo em maior volume. O padre forrou o solo com tábuas e adentramos a porta dupla principal.

Fomos recebidos por discussões calorosas, golpes em mesas e gritos histéricos.

O padre George tocou uma sineta, a mesma que utilizava durante o pedido de silêncio momentos antes da oferenda da hóstia, e o silêncio reinou.

Conservava-se em um lugar mais elevado à frente, três degraus para ser mais exato e, ao seu lado, o sargento Meira. Do outro lado do salão estava Estanislau e, à frente, Mateus.

– Estamos reunidos aqui hoje porque acredito que a cidade passa por um momento crítico, único, e temos sido indiferentes a ele! Nós desconversamos, fingimos que está tudo em ordem, escondemos quem amamos mesmo percebendo que há algo de errado com eles! – anunciou em tom audível e mamãe olhou-me de soslaio com indisfarçável embaraço.

Do meio dos inúmeros lampiões, alguém citou irascível que havia perdido todos os galos de sua fazenda, indagando quem seria responsabilizado pelo vandalismo. Foi a faísca que acendeu o pavio. O paiol foi invadido por discussões, ameaças e gritos.

O sargento Meira bradou uma vez, requisitando silêncio, uma segunda vez e, então, fez um disparo de arma de fogo para o teto. O tumulto findou-se de pronto.

– Desculpem, mas precisamos de ordem para conti...

Um som abafado sugeriu que algo se chocara com o telhado.

Que estranho... Poderia jurar que o tiro atingiu alguém, que despencou sobre o telhado, pensei.

Todos mantinham seus olhares para o teto.

Em seguida, dilacerantes assobios externos surgiram de diversos lados, tanto próximos quanto longínquos. Aquilo fez com que alguns moradores postassem pelo menos uma das mãos vazias sobre os ouvidos.

De repente, sobreveio o silêncio. Um silêncio mórbido.

– São demônios! – bradou o padre, e todos sobressaltaram.

– Deixa disso, George! Está assustando as pessoas! – murmurou exasperado o sargento.

Com a feição contrafeita, pegou uma lamparina e desceu os degraus, passou pela multidão – mais de cento e cinquenta pessoas – e afastou uma das portas duplas, sumindo na escuridão da noite.

A porta retornou, rangendo tetricamente. Passaram-se cinco, dez minutos e um murmúrio tomou o salão. O padre pegou um crucifixo do altar e desceu em direção à saída. Alguns homens o acompanharam. Ao afastar uma das portas com a mão ociosa, o padre aspirou forçosamente o ar, estancando-o.

Havia uma lamparina caída entre as tábuas externas.

Permanecia intacta, jazendo sobre uma lama macia. À frente, o coturno do sargento preso em uma fenda, com o cano para cima. Um dos homens grandes e corajosos aproximou-se, enquanto os demais permaneciam sob o batente da porta dupla aberta, atrás do padre. Tentávamos ver o que estava acontecendo, através dos ombros do senhor George, de baixa estatura.

O homem agachou-se e postou o lampião acima do coturno. Sua feição dura e barbada transformou-se em um olhar incrédulo, um olhar que parecia saltar às órbitas. O coturno conservava-se enroscado entre duas tábuas, contudo não era apenas um coturno vazio. Havia um tornozelo arrancado ali, as artérias esvaziando o sangue que ainda restava, os músculos expostos em meio à algumas fibras caídas sobre o cano. Ainda havia um pé sem vida dentro daquele calçado.

Ele tentou afastar-se sem dar as costas, porém tropeçou em uma tábua mais saliente. Caiu sentado. O lampião apagou.

– O que foi, Ângelo? – indagou o padre.

– Padre, o senhor não vai acreditar! – esganiçou, visando-o por sobre o ombro.

O padre deu um passo à frente no intuito de auxiliá-lo a levantar, quando algo aconteceu. Um som áspero cortou o ar e algo agarrou um homem musculoso pelos seus braços fortes, levando-o para cima do paiol, como se fosse um fantoche na mão de um gigante. Foi rápido demais, chocante demais.

Com a rapidez e violência do ato, o padre grunhiu, lançando-se para trás e colidindo com a multidão que gritava e afastava-se. Sons de vidros fragmentando-se no solo surgiram, cadeiras sendo arrastadas e caindo.

Alguém puxou as portas e trancou-as com uma grossa tramela.

– O que foi aquilo? – alguém gritou com demência na voz.

– Jesus Cristo, vamos todos morrer! – disse outro, espalhando insanamente os próprios cabelos.

Mamãe abraçou-me apertado. Senti seus braços, por baixo

do espesso casaco, tremerem. De repente, um barulho áspero antecedeu um estampido que abriu uma fenda no telhado. Pedaços de tábuas e telhas caíam, mas não era só. Algo despencava junto, caía lentamente, enquanto a multidão afastava-se.

Uma clareira foi formada.

O baque aquoso reverberou pelas paredes. Jatos de sangue atingiram e respingaram nos pés, pernas e até abdome daqueles que estavam próximos.

No centro do paiol, o assoalho de madeira apresentava-se parcialmente danificado com a queda do sargento, que jazia morto. Sob ele, rapidamente, uma poça de sangue rubro escuro se formava e escorria pelas frestas formadas. Estava estatelado sem um dos tornozelos com a farda rasgada na frente e um dos braços lançados para trás, de forma a transparecer que seria impossível estar intacto.

Novo surto de pânico invadiu o paiol e o medo incontrolável fez com que duas mulheres conseguissem elevar a pesada tramela. As portas se abriram e, há uns dez metros de distância, reconheci papai ao semicerrar os olhos diante da luz do luar. Depois identifiquei, ao seu lado, a mãe de Estanislau. Concluí então, que os demais moradores que haviam sumido e reaparecido permaneciam lado a lado, formando uma corrente humana ao redor do paiol.

Feições serenas, olhares distantes.

– Não podemos sair! – gritou uma delas.

Voltei o olhar para cima e, por um segundo apenas, meu estômago congelou. Senti um medo que jamais sentiria igual em toda a minha vida. Tive essa certeza naquele exato momento. Minhas pernas vacilaram e minha bexiga afrouxou.

Um ser cinzento banhado pelo luar, como um homem alto e esguio, curvado, longos braços finos e sem pêlos, surgiu na beira da fenda provocada pela queda do sargento. Ele fitou-me com seus enormes olhos negros sem pupilas. Sua respiração não formava vapores no ar, o que sugeria possuir o interior do seu corpo frio como a neve que caíra, e saltou com facilidade para o lado oposto, sumindo de vista.

Passei a lacrimejar pelo medo que me tomava, um sentimento quase irresistível.

– O que foi, Nêzinho? O que você viu? – indagou mamãe, voltando sua visão para o teto. Porém só havia o vazio, o tom azul e negro do céu noturno.

Não tive coragem de responder. Mantive-me encolhido, entre seus braços.

Os assobios ressurgiram, concentrados no telhado, desta vez mais irascíveis, ferindo-me o tímpano. Todos elevaram as mãos sobre os ouvidos, com exceção do padre. Muitos pedaços de madeira despencaram no assoalho. Sons de vidros quebrando, eram os vitrais e algumas lamparinas que se despedaçavam lançando labaredas ao redor. Os mais solícitos conseguiram apagar o fogo ao notarem o perigo da situação.

Observei o padre lançando seus olhos para a fenda, depois um vazio neles... Não demoraram a ficar distantes, como os do papai.

– Isso é só o início! – bradou o padre em tom alto, sobrepujando os assobios. Conforme descia e subia o tom dos assobios, as palavras surgiam da boca do padre, que a gesticulava com vigor.

– Foi preciso alterar o clima para sobrevivermos! Foi preciso resgatar temporariamente alguns humanos para conhecermos sua fisionomia! Foi preciso arrebatar definitivamente e abater alguns para fins científicos!

Todos prestavam atenção, estarrecidos.

– Nós voltaremos! Estaremos mais preparados!

E os assobios findaram-se.

Sons de saltos e tropeços sobre o telhado e depois, o silêncio.

Ouvimos baques externos, tênues e surdos ao redor do paiol, que geraram novos gritos histéricos. Alguns, como eu, acharam que os seres haviam pulado do telhado ao chão, do lado de fora, e estavam prestes a invadir o local, mesmo tendo compreendido que eles haviam dito que voltariam, o que significava que não terminariam seu trabalho, fosse o que fosse, naquela noite.

Na verdade, o som viera dos moradores aturdidos que estavam do lado de fora e desmaiaram, formando um bizarro círculo humano no solo frio e parcialmente coberto de gelo.

Houve várias teorias naquela noite, discussões acaloradas e falta de compreensão total de alguns, pois os que permaneceram no círculo externo não se recordavam de um único momento antes de serem arrebatados. O padre negava-se a crer que havia dito aquelas palavras durante os últimos assobios das criaturas.

VI

Dias depois, findo o rubro crepúsculo vespertino, sentado sobre a poltrona de balanço – devidamente consertada, pois papai a arremessara contra a janela da sala na intenção de abrir caminho para poder deslocar-se até a igreja, quando mamãe o trancara durante o seu aturdimento – recordei-me da única passagem que papai confessou lembrar-se, antes do arrebatamento, naquela noite anômala: o cacarejar de um galo, que explodira em seus ouvidos.

Involuntariamente, recordei-me de algumas passagens do evangelho, creio que Mateus 26:74-75, citadas algumas vezes, nos domingos, pelo padre George. Vislumbrei na janela, como em um filme, Pedro vendo o Messias preso, sendo cuspido, esbofeteado, humilhado. Em seguida, fugindo no meio da multidão e negando Jesus por três vezes, diante das criadas e do povo. E então se lembrou que Jesus previra esse acontecimento horas antes, à mesa, junto aos doze apóstolos e a ele quando, finalmente, o galo cantou.

Meu padrinho, atualmente falecido, sempre me contava histórias e lendas locais, das maldições que pais e padrinhos lançavam e, principalmente, dos demônios que eram expurgados do mato quando ouviam o sagrado cântico de um galo. Logo associei essas passagens às violentas mortes ocorridas nos galinheiros durante o período dos cinco dias. Intuí que as criaturas silenciavam os galos durante a noite para evitar seu cacarejar no início do raiar do sol.

Durante o enterro do sargento Meira, além da grande comoção que movimentou a cidade, correu um murmúrio a respeito do homem corpulento que fora resgatado pelos seres diante da porta do paiol, diante do padre. Até então, encontrava-se desaparecido. Alguém recordou das palavras colocadas na garganta do padre: *Foi preciso arrebatar definitivamente e abater alguns para fins científicos!*

Pobre homem, pensei. Certamente era o mesmo caso de alguns moradores solitários, idosos e viúvos, dos quais só notamos as ausências alguns dias após aquele maldito período. Residências abandonadas, portas abertas batendo ao vento, roupas estendidas em varais por dias, cachorros uivando.

Determinados grupos afirmavam que a maldição vinha de cima, que o tamanho colossal da lua nada mais era que a sua aproximação da Terra e seu intuito era enviar os seres para o nosso mundo, só não se sabia como. Outros afirmavam que vinha de baixo, de um inferno de gelo, mas não se podia ter certeza de nada. Ninguém em sã consciência podia.

Outra crença que percorreu o município como um raio foi a de que o saudoso sargento Meira havia baleado de forma desintencional um dos seres que permanecia no teto do paiol, quando desferiu um tiro tentando manter a ordem durante a reunião da comunidade. Dizem que três moradores esconderam ou enterraram o corpo da coisa sem vida que ainda permanecia no teto da paróquia, para evitar maiores traumas na comunidade. Dois deles suicidaram-se em seguida. O terceiro foi internado por insanidade em um hospital da capital do Estado.

Acenei para frente e fui respondido por Estranislau, lá de sua casa, lamparina sobre as mãos. Contudo, não era para ele que realmente acenara, mas sim para o rapaz Canglione estagnado diante da cerca, que me sorria encharcado d'água, cabelos colados sobre a testa, olhos embaçados, calça rasgada na barra e sangue escorrendo lentamente do seu tornozelo, maculando o solo.

Lesônio

Não me recordo com muitos detalhes como chegáramos àquele caos.

Conservava-me enclausurado em meu interno desde os quatorze anos, degustando pílulas coloridas que combatiam o tédio, o estresse, a claustrofobia.

O Setor Oito inchava como balões de festas que já não mais existiam. Não havia, há tempos, mais motivos para comemorações. Não sei como o restante dos países se adaptou à transição do *período vermelho* – assim ficou marcado e conhecido – contudo, creio que não tiveram muitas opções diversas daquelas que adotamos.

Acreditávamos que havia quarenta e sete setores no Brasil, sendo que os dez primeiros localizavam-se na costa sul do país, subterrâneos divididos em internos – antigamente denominados residências – criados logo após notar-se que a tentativa globalizada de controle da camada de ozônio falhara. Certamente, mais uma vez o homem subestimou a força da natureza.

Hoje, há uma histeria em aventurar-se a controlar o câncer de pele e a nova doença do século: o lesônio.

O lesônio é um tipo de doença voraz que, através do sol, penetra rapidamente pela pele no organismo. A teoria tradicionalista e mais concreta afirma que, nas primeiras doze horas de exposição aos raios solares, a vítima perde os movimentos do corpo e permanece imóvel, em razão da destruição dos músculos. Há hemorragia interna e, no máximo em dezoito horas, ocorre a morte. A teoria moderna afirma que a morte se dá em segundos, com a destruição instantânea dos músculos e órgãos.

Diante disso, existe um controle rígido dos passes para o trânsito na superfície terrestre. O Ministério de Controle de Tráfego possui o domínio sobre a Guarda Subterrânea e poucos se atrevem a enfrentar a força e muitos menos a sair sem a devida permissão.

Com o passe que, na verdade, é de uma grande ficha metálica, veste-se uma roupa isolante, pesada, com oxigenação artificial. Embarca-se em um dos colossais elevadores e chega-se à noite na superfície. Nos períodos da manhã e da tarde não há transito naquele lugar, nem dos agentes do governo, pelo menos essa era a política do Setor Oito.

Acima do meu monitor de projeção há uma foto carcomida do crepúsculo da costa leste, litoral do Paraná. Era um dia frio de outono, contava com apenas treze anos de idade, porém recordava-me com admirável clareza dos detalhes.

Quando o mar fora afetado, enfureceu-se, como se notasse a ousadia dos seres humanos. Os poucos surfistas aventureiros que desejavam ser celebridades do dia para a noite morriam antes de transpor a arrebentação.

Demorou pouco para os antigos bombeiros, hoje singelos socorristas, proibirem o ingresso de banhistas no mar. Foi uma de minhas principais frustrações. Em seguida, as praias foram isoladas. Houve tumulto, tropas de milícias de controle de distúrbios civis em confronto com proprietários de residências localizadas na orla, nativos e moradores ocasionais.

Adorava o mar, a brisa gélida acariciando o rosto, os castelos de areia distorcidos pela imprecisão, pela falta de talento para a arte. Algo me certificava de que não mais veria o mar... Minha intuição estava repleta de razão.

Após, os fatos aconteceram rápido demais, pelo menos para um pré-adolescente da minha idade. Pouco antes da transição, mamãe faleceu de Lesônio. Uma equipe do governo adentrava de casa em casa para arrebatar os sobreviventes do período vermelho e lançá-los ao subterrâneo. Papai agachou-se, fitando-me os olhos:

– Filho, quando os agentes chegarem, você deverá ir com eles! Ficarei para tomar conta da mamãe, ok? – pronunciou com ar sério demais.

Um som abafado de veículos aproximando-se irrompeu ao longe e papai olhou por sobre os ombros com os olhos saltados. Permaneci silente.

Papai elevou-se, apoderou-se do corpo de mamãe que jazia sobre a cama como um verdadeiro herói, e retirou-se pela porta dos fundos.

Eu era diminuto em estatura, mas não em inteligência. Compreendia perfeitamente que mamãe estava morta e que papai estava me abandonando. Na verdade, sempre soube que ele jamais fora herói, fraquejara diante do infortúnio, largando-me sozinho naquela fase de adversidades.

Pela janela da varanda observei suas silhuetas diminuindo ao longe, dirigindo-se ao encontro da enorme bola de fogo que pendia no horizonte.

Hoje, minha vida limita-se a acordar cedo, deslocar-me à central de telefonia Teleinternos S/A, onde exerço a profissão de engenheiro elétrico, almoçar no refeitório central, um espaço descomunal onde todos se encontram para as refeições pois, com raras exceções, não há alimentos para se comprar e preparar nos internos. Ao findar-se o turno da tarde no serviço, regresso ao refeitório para acompanhar uma atividade cultural qualquer, como uma peça de teatro ou uma tentativa de produzir música com instrumentos improvisados e, ao fim da noite, voltar para o interno número duzentos e trinta e três. Fora isso, nos momentos de fastio, de desolação, posso me conectar à rede virtual de computadores e, junto aos internautas trintões relembrar minha infância, graças ao Setor Três que viabilizou o sistema no último ano.

A fiação telefônica ainda é interna, entretanto o Setor Três já está arriscando adaptar, nas torres externas que instalou, sinais de telefonia sem a necessidade de cabos.

Nos ambientes comuns, há feixes que veem de cima. Não é possível visualizar o teto do setor pela sua enorme longitude. Diz-se que o sistema permite à luz solar ingressar sem causar danos à pele, pelo menos é o que se difunde.

Há poucas profissões no mundo atual. Em resumo, engenheiros e construtores – as mais bem pagas – programadores, produtores nutricionais – que produzem a alimentação, normalmente artificial, e as malditas pílulas coloridas – a Guarda Subterrânea e a Guarda Externa, médicos – que também exercem o ofício de dentistas e socorristas – e professores. Há o Governador e o Colegiado Governamental do Setor Oito, sendo um deles o Ministro de Controle de Tráfego.

Não há mais democracia, o Colegiado possui poderes ilimitados. Pode substituir, a qualquer tempo, o Governador, caso não o considerem eficaz, e a sucessão de seus integrantes dá-se por hereditariedade, ou por indicação, embora haja duras críticas por parte dos internos.

Com a transição, regredimos consideravelmente. Possuíamos o melhor programa espacial do mundo, o melhor café, os melhores dentistas (ocupação que agora se resume a uma sub-profissão), o melhor vinho produzido na América como papai sempre afirmava. É uma ironia do destino, pedi para papai oferecer-me uma taça de vinhos de sua adega, ele negou, prometendo-me que, na hora certa, ensinar-me-ia tudo o que aprendera sobre vinicultura e degustaríamos bons vinhos de guarda. Hoje, não existem mais bebidas alcoólicas, é terminantemente proibida a prática do tabagismo e a taxa de natalidade é rigorosamente controlada, inclusive com a matança coletiva de neófitos caso a previsão dos nascimentos atinja o inaceitável.

A criminalidade é quase inexistente e há pouquíssimas armas à disposição na Guarda. Os internos foram desarmados em constantes operações logo no início da transição. Com o tempo, apesar da manutenção constante das pistolas calibres 42, 48, 50 e 53 que se conseguiu reunir, e do cuidado no armazenamento da munição, houve uma sensível redução do arsenal por falha de funcionamento. Atualmente, só os mais graduados as portam, ou aqueles que prestam serviços nos quais a segurança é sensivelmente ameaçada.

Quando é cometido um ato ofensivo na comunidade, existe uma comoção exagerada por parte dos habitantes setoriais, que acabam linchando o criminoso, por vezes até a morte. Os agentes da Guarda Subterrânea assistem ao espetáculo rindo com escárnio. Quando isso não acontece e se efetiva uma detenção há o Setor Zero, uma prisão inimaginável, não há julgamento. O Conselho Deliberativo do Setor Zero, integrado pelos agentes da Guarda, decide a punição conforme se apresentam os fatos e as testemunhas. Muitos preferem a morte à passar um único dia naquele holocausto.

Essa última noite trouxe-me uma angústia quase insuportável. Várias citações de antigas lembranças da superfície foram expostas na rede virtual. O único consolo que tive, e ao qual me apeguei durante o restante da madrugada, foi Jéssica. Estamos convivendo em diálogos constantes, e notamos, durante os últimos seis meses, uma crescente preocupação dos Guardas com nossa postura mais audaz. Quase fomos presos ao arriscarmos algumas carícias mais ousadas no acesso ABB, o corredor que dá para os internos de numeração cento e sessenta a duzentos e quarenta. Acompanhei-a, com exemplar comportamento, até o início do acesso BBC, e a vi desvanecer-se na escuridão que a conduzia até seu interno de número trezentos e vinte e seis.

A postura adotada para se evitar a gravidez descomedida foi a proibição do sexo. É necessário, antes, haver um pedido de união conjugal ao Colegiado, que analisará o requerimento. Se deferido, o casal deve mudar-se para um dos internos e doar o outro ao Governo. Assim, conforme sua renda familiar pode-se ter um filho, embora isso também dependa de requisição. Será avaliada a taxa de natalidade à época e, por vezes, é necessário esperar meses antes de se conseguir a outorga.

Nos três dias subsequentes, fui assolado por uma impiedosa insônia. Algo me lançava ao monitor. Sua projeção já não era mais tão sublime. Na escuridão do cômodo, sugeria uma alma errante com letras escorridas, impregnadas sobre o corpo.

O teclado virtual possuía espaços negros nos lugares das letras, mas não me impedia de redigir o que recordava da infância, da pré-adolescência – quando permanecera muito mais na companhia de mulheres do que nos quase vinte anos enclausurado no subterrâneo como um demônio anômalo.

Consegui, por duas vezes consecutivas, raptar Jéssica para o interior de meu interno, onde passamos agradáveis momentos juntos. Percebi, então, que faltava calor humano às pessoas naquele conglomerado insano. Senti, pela primeira vez, confiança em alguns internautas da rede virtual. Experimentava, enfim, o amor, a amizade, a confiança, sentimentos que, à época da superfície, negaram-se a ser sepultados comigo.

– Nós não pertencemos a este mundo, Felício! – lançou inopinadamente Jéssica na segunda vez que estivera em meu interno, com a cabeça acostada ao meu braço, acomodada sobre a cama.

– O que você quer dizer com isso?

– Nós nascemos e aprendemos a viver livres, em um mundo diferente deste! Sob um sol inofensivo, com possibilidade de conhecer novos lugares, lugares onde nossos antepassados fizeram história! – anunciou, com a voz embargada.

Fitei seus olhos esverdeados, brilhantes como nunca os vira antes.

– Você consegue se imaginar vivendo aqui em seus oitenta anos de idade? – indagou, efusiva.

Aquela questão, apesar de outrora ter sido motivo de discussões em algumas reuniões no refeitório central, ou mesmo na rede virtual, parecia-me, desta vez, soar diferente.

– Não! – murmurei perturbado, impressionado com o efeito da indagação e, mais ainda, com a resposta que acabara de proferir.

Jéssica estudou minha feição, enquanto eu tentava, inutilmente, disfarçar a presença dos fantasmas que ela acabara de despertar em mim.

– E o que você sugere? – inquiri, de forma defensiva.

– Não sugiro nada! Só estou esclarecendo o porquê da nossa ansiedade ao discutirmos nossa infância, essa impulsividade em desejar cada vez mais ficar absorto no passado!

Lembrei-me do que diziam os filósofos subterrâneos: se um interno sair, preferirá morrer à voltar. A citação era incontestável, diziam que os guardas externos constantemente se suicidavam para vislumbrar um crepúsculo sem o capacete protetor.

A partir daquele momento, passei a ser assombrado por esses fantasmas impiedosos. Permanecia aturdido no serviço, principiei a me isolar. Escondia-me durante o almoço, lançava desculpas esfarrapadas para os encontros pré-agendados no refeitório central, conectava-me constantemente à rede e passei a formar um clã virtual com internautas que cadastrei e emiti senhas. Ingressávamos em salas virtuais com as senhas pré-estabelecidas, e viajávamos no tempo, no espaço.

Certo dia, deparei-me com Volnei Alves Jordão, um colega de infância que, logo após o período vermelho, encontrei por acaso no Setor Oito, durante uma congregação entre os chefes dos setores, quando contávamos com vinte e poucos anos de idade.

Jordão era capitão da Guarda Subterrânea e acabara de ser transferido do Setor Seis para o Oito, com o intuito de disciplinar e moralizar a tropa que se encontrava às margens do motim. O Setor Seis era sensivelmente mais desenvolvido e acabou por ceder o Oficial em troca de algumas mercadorias primárias, com a obrigação de que ele retornaria, de tempos em tempos, com o objetivo de verificar se o seu substituto conservava a linha de seu legado. A transferência era algo extremamente burocrático. Realizava-se pela superfície e possuía critérios inflexíveis para a sua efetivação.

Ele recebera o encargo da instrução, justiça e disciplina e, pela indulgência do destino, a responsabilidade dos acessos A, B e C (corredores com as iniciais A, B e C) do Setor Oito. Isso compreendia o meu, ABB, e o de Jéssica, BBC. Assim, meus encontros com Jéssica tornaram-se mais frequentes, mais ousados.

O capitão tinha conhecimento de nossas aventuras amorosas. Ele próprio mantinha encontros às escondidas com a jovem e atraente Sálvia, que confessou à Jéssica que o oficial estaria se separando de sua companheira do Setor Seis.

Estranhamente, Jordão sentia-se na obrigação de quitar uma dívida que afirmava ainda ter comigo, uma dívida de infância, embora eu a negasse veementemente. Havia defendido-o de um aluno problemático na sexta série do ensino fundamental. Jordão, apesar de fransino, era destemido. Eu, naquela época, era encorpado e corajoso. Ainda mantenho a coragem. Hoje, evidentemente, Jordão não necessitaria de meu auxílio.

Notei, com a atual reviravolta em minha vida e, principalmente, com a indagação de Jéssica – a qual permanecera no mais recôndito canto de minha mente, cutucando as feridas abertas da amargura – que efetivamente não viveria naquele subterrâneo por mais cinquenta anos. Era a única certeza que tinha daquela insanidade toda.

Certo dia, recostado na parede do acesso ABB, detinha-me em devaneios quando ouvi um sussurro.

– Desistiu do quarto?

Da negritude parcial, identifiquei um vulto aproximar-se.

– Boa noite, Jordão! Na verdade, desisti disso tudo!

– Como é?

– Cheguei à conclusão de que este lugar não faz parte da minha vida! – anunciei, como se anunciasse que acabara de destruir o mundo.

– É mesmo? – retorquiu Jordão, sorrindo com o canto da boca.

– Por que é tão difícil de acreditar? Você é feliz? Ou melhor, você acha que viveremos felizes enclausurados neste inferno que faria inveja a Dante?

– Bem, não diria totalmente feliz, mas viveria!

– Viveria como? Amargurado?

– Talvez, mas viveria!

– Você é um conformista! – exasperei, afastando-me da parede.

Jordão não se ofendeu, aceitou minha ira como uma válvula que abrira momentaneamente no intuito de evitar uma explosão.

– Está bem, sabichão, e o que você pretende fazer?

– Não sei, não sei! – murmurei, retirando-me para o interno.

Jordão permaneceu no centro do corredor, inerte, observando-me desvanecer na escuridão.

Meses se passaram. O ar absorvido pelos dutos internos parecia não mais arrefecer com sua antiga eficácia os internos e os acessos. Minha tolerância ao encarceramento havia se findado. Tornava isso claro na rede virtual de computadores. Havia internautas que compreendiam minha angústia, os que se aprimoravam no conformismo, assim como Jordão, e os radicais.

Despontei no restaurante como um daqueles esqueletos utilizados nas aulas de anatomia humana. Não fosse pela alimentação subtraída por Jéssica durante as refeições no refeitório central, trazidas ao meu quarto, e pelas pílulas de vitaminas que ela insistia para que eu ingerisse, já teria sido elevado à categoria de anjo. Pelo menos economizariam no enterro, pois já me encontrava a bem mais de sete palmos da terra.

Alguns colegas detiveram-se curiosos, alguns que conjeturei serem internautas da rede virtual. Alguns funcionários da Teleinternos S/A afastaram-se por causa de meu comportamento recluso, alguns guardas desconfiaram.

Ultrapassei a mesa na qual Jéssica conservava-se acomodada e aproximei-me da mesa Oficial. Lá se encontrava o Coronel Charles Busquet, lendário comandante da Guarda-Geral – subterrânea e externa -, o Ministro de Controle de Tráfego, Goulard Andrade Ferreira, dois integrantes do Colegiado Governamental e o Capitão da Guarda Subterrânea, Volnei Alves Jordão, meu amigo de infância. Parei à beira da mesa, fitando Jordão.

– Olá, Felício! – cumprimentou Jordão, com indisfarçável constrangimento. – Senhores, este é Felício, um dos engenheiros elétricos da Teleinternos! É um amigo de infância! – apresentou-me, desta vez mais descontraído.

Relanceei os olhos em cada um deles. Recebi alguns acenos de cabeça e os retribuí.

– Capitão Jordão, posso lhe falar? – lancei.

O Oficial requisitou a devida licença e acompanhou-me até um canto onde não havia mesas ocupadas.

– O que aconteceu, Felício? – murmurou, desviando o olhar para o local de onde se ausentara.

– Desculpe ter retirado você da mesa oficial, Volnei! Sei que não é sempre que as autoridades se reúnem no refeitório central, mas preciso confessar algo! – aguardei alguns segundos observando-o atentamente, antes de continuar – Depois, pedir-lhe um favor!

– É a primeira vez que você se dirige a mim pelo prenome! Costumávamos nos tratar assim, lembra?

Embora acreditasse que tudo que Volnei dissesse naquele momento não teria tanta importância quanto o que tinha para lhe dizer, sofri um choque.

– É... é verdade! Desculpe, Jordão! Não quis ser atrevido, afinal, você é um capitão da guarda!

– Tudo bem! Não se preocupe com isso! Vamos ao que interessa, você me deixou curioso!

– Quando você regressará ao Setor Seis?

– Bem, ainda não tenho previsão! Mas por que o interesse?

– Por favor, por enquanto não me pergunte nada, só me dê as respostas, ok?

Volnei franziu o cenho e varreu o enorme refeitório com os olhos, sem objetivo definido, antes de responder.

– Ok!

– A saída do Setor Oito fica na costa, bem ao leste, estou certo?

– Sim!

Esbocei um largo sorriso. Volnei franziu ainda mais o cenho.

– Não entendi! O que isso tem de tão importante para retirar-me da mesa oficial? – inquiriu indignado, espalmando ambas as mãos em minha direção.

– Pedi para não me questionar! – finalizei, ainda sorrindo.

Nos dias subsequentes, identifiquei sete internautas da rede virtual e convidei-os para uma reunião em meu interno. Tive de solicitar a cobertura de meu amigo miliciano para que três dos convidados pudessem participar, atravessando o Setor Oito de uma ponta à outra.Um dos sete participantes era o sargento Aureliano, pertencente à Guarda Subterrânea. O oitavo era Jéssica.

Após quatro dias consecutivos de debates, somente três internautas retornaram para a última reunião e Volnei foi convidado.

O capitão adentrou o interno à paisana, no início da noite. No cômodo da sala, havia um homem fardado, moreno, de baixa estatura, porém encorpado, mãos atadas atrás do corpo, postado em pé. Este era o sargento. Em um pufe improvisado no canto, um homem pardo, igualmente baixo e tão magro quanto eu, porém uns dez anos mais velho, conservava-se sentado, com uma caixa diminuta posicionada ao lado dos pés. Este era Niequel, um produtor nutricionista. Sob o arco que dividia a sala do quarto, Jéssica permanecia com as mãos sobre a cintura. Findas as apresentações formais, formamos um circulo e passamos a discutir o objetivo da reunião.

– Todos sabem do que se trata a reunião, com exceção do nosso amigo Volnei! – prelecionei. – Por favor, peço a todos paciência! Entendam que nós permanecemos quatro dias discutindo, pensando e, por fim, decidindo, e ele terá tudo isso somente hoje! – disse. – E não se esqueçam que, sem ele, será quase impossível colocar em prática nosso plano!

– Meu Deus, Felício! Você está me deixando com os nervos em frangalhos! Que plano é esse? – indagou Volnei com imensa naturalidade, como se seus nervos estivessem intactos, e nem se aproximassem daquela condição.

– Amigo Volnei, tudo o que eu relatar a partir deste instante será sério! Descarte qualquer possibilidade de gracejo, ok?

– Ok! – redarguiu, rindo baixo e sentando-se em um outro pufe improvisado. Fitei-o seriamente e os demais seguiram meu comportamento. Volnei olhou ao redor e, paulatinamente, tornou-se sério, pigarreando ao final como forma de descontrair seu constrangimento.

– Lembra-se daquilo que lhe falei quando nos encontramos alguns meses atrás no acesso ABB? – inquiri. Volnei permaneceu inerte, certamente acessando os arquivos armazenados em sua memória. – Quando o chamei de conformista?

– Ah, sim, agora me recordo!

– Pois bem, Volnei! Você está diante de pessoas inconformistas! – disse, e o Oficial permaneceu inerte, mãos presas sobre as pernas, olhos projetados, tentando compreender algo.

– Não só inconformistas mas, principalmente, atuantes! – lançou o sargento.

Volnei lançou um olhar ríspido ao sargento, como se captasse pontas de indisciplina naquela atitude.

– Nós decidimos que não viveremos mais presos a este inferno! – anunciou Jéssica, ainda em pé. – Você é como nós, Volnei! Não aguenta mais esta vida reclusa, quer conhecer a liberdade plena, o amor, viver por suas próprias decisões!

O capitão sorriu com desdém.

– Tudo bem, tudo bem! Isso é muito belo, muito poético, mas como poderemos colocar essas virtudes em prática?

– Saindo daqui! – emendou o sargento Desta vez, o olhar que Volnei lançou foi de admiração, não de uma suposta repreensão hierárquica.

– Como assim? – esganiçou, assombrado.

– Temos um plano para sairmos daqui!

– Ah, sim! Suponho ser um belo plano! Como voltaremos?

– Não voltaremos! – respondeu Jéssica.

– Não acredito no que estou ouvindo! Vamos para onde? Para o Setor Seis, é isso? De que adiantará nos arriscarmos para viver um pouco melhor? Além disso, o ingresso no Setor Seis é complicadíssimo, será dificílimo ludibriar a...

– Calma, Volnei, ninguém cogitou essa ideia! – interrompi, e o silêncio emergiu subitamente.

– Não? Então o que vocês cogitaram?

O silêncio retornou por mais alguns segundos antes que o oficial surtasse.

– Vocês enlouqueceram! Não me digam que desejam permanecer na superfície! Mesmo que conseguíssemos, as roupas contra o Lesônio não aguentariam por muito tempo, talvez uma semana ou duas! Ademais, seríamos caçados como lebres durante o anoitecer! Logo nos pegariam! Não funcionará!

– Sabemos disso, Volnei! – disse uma voz conhecida, irrompendo detrás de Jéssica. Em seguida, uma mulher morena, alta, cabelos longos, surgiu, enganchando no braço de Jéssica.

– Sálvia? O que você faz aqui?

– O sargento Aureliano conseguiu conduzir-me até aqui!

– Em todas as reuniões?

– Sim!

– Meu Deus!

– Como eu dizia, Volnei querido, sabemos que não funcionará!

– Então, por que tentar?

– Não funcionará da forma que você entendeu, Volnei! – emendei.

– O que eu não entendi? – sibilou levantando-se, ainda focando Sálvia.

– Não poderemos voltar, não poderemos ingressar no Setor Seis e não poderemos permanecer na superfície, pois seremos presos e reconduzidos ao Setor Zero.

– Por favor, Felício, esclareça-me! – requisitou sério demais, desta vez fixando o olhar em mim. Inspirei profundamente antes de continuar.

– Iremos sem a proteção, com a liberdade que perdemos na infância ou no início de nossas adolescências! Veremos a superfície com nossos próprios olhos, caminharemos até o mar, aproveitaremos a companhia, a amizade e o amor que está tão inumado aqui dentro quanto nós! *Carpe Diem*, lembra-se?

– Deus meu! Isso só pode ser uma brincadeira de mau

gosto!– proferiu com insanidade na voz. Postou as mãos sobre os cabelos, espalhando-os. Deu dois passos para trás.

Não, não é! – afirmei.

– E se a teoria moderna for verdadeira, que defende a hipótese da morte ser instantânea? – lançou.

– Ninguém acredita nisso, Volnei! Essa teoria foi criada depois que alguns poucos aventureiros fugiram do subterrâneo! É uma forma de assustar os interessados! – disse Sálvia.

– Não sei, ainda acredito que o sol torna-se cada vez mais destrutivo! – murmurou.

– Lembre-se do que dizem os filósofos subterrâneos: se um interno sair, preferirá morrer à voltar. – falou pela primeira vez Nieguel.

Antes que Volnei alcançasse a saída, Sálvia apoderou-se de seu braço, delicadamente.

– Volnei, não há futuro para nós, não há felicidade! Passaremos cinquenta, sessenta anos aqui dentro, sem termos um dia de felicidade! Perdemos tudo o que tínhamos! Sequer possuímos qualquer tipo de tecnologia que possa nos dar uma esperança de podermos sair um dia deste buraco!

Volnei não se voltou para Sálvia, retraiu o braço e retirou-se sem encará-la.

Percorreu o itinerário pesadamente, sendo aviltado por inúmeros pensamentos que ingressavam em seu raciocínio de forma áspera. Sentiu o corredor tenuamente iluminado girar, suas pernas vacilaram por um momento.

Volnei não compreendia como fora convencido daquele maldito plano insano. *Suicídio coletivo, como se fazia há muitos anos em rituais religiosos que cultuavam um Deus irascível*, pensou. Com uma das mãos sobre o abdome, sentiu uma fisgada dolorida.

O hangar de elevadores coletivos encontrava-se atipicamente vazio, tal qual uma estrutura fantasmagórica. Ouvia-se nos cantos sons das caixas metálicas mobilizando-se aleatoriamente.

Indiferente, embarcou no elevador. Depois de vinte minutos subindo em direção à superfície, Volnei pressionou a mão de Sálvia, que lhe retribuiu um sorriso doce. Não sabia o que havia acontecido com os demais, talvez estivessem aguardando-os no destino, talvez tivessem embarcado em outro elevador mais lento.

Um *clanc* reverberou pelas paredes do hangar, dando início a uma parafernália de mecanismos que libertaram um estreito feixe de luz. Logo sentiu seus olhos sendo feridos por uma luz dourada, intensa, vivaz. Permaneceu assim por alguns segundos.

O panorama descortinou-se. Havia grandes torres ao longe. À direita, uma faixa de mar e o céu extremamente azul com algumas gaivotas piando.

De imediato, compreendeu que tudo aquilo fora um equívoco, talvez um plano político, não saberia afirmar.

Havia ainda um grupo de pessoas caminhando próximo, veículos estacionados sobre a areia quente. Olhou para Sálvia, que permanecia com os olhos fechados, deixando-se abater por uma brisa leve e cálida. Sentiu pontas de ira, confusão. Por que ficara tanto tempo trancafiado no inferno subterrâneo? Por que somente alguns tinham a permissão de desfrutar de um mundo de liberdade? Uma diminuta chama interna despontou em seu abdome e passou a devastar seu espírito. Foi assolado por uma intensa e incontrolável cólera.

Volveu para Sálvia e notou que se encontrava só.

Ao redor, gaivotas enegrecidas jaziam sobre a areia escura, quente. Seus abdomens murchavam rapidamente, não havia movimentos. Sentiu novamente a fisgada em seu estômago, desta vez mais profunda, contorceu o rosto de dor.

Ao longe, vislumbrou pessoas debatendo-se sobre o solo, ouvia ganidos e lamuriações que ecoavam em seus ouvidos. Suas pernas vascilaram e Volnei caiu sobre elas, não mais conseguia mexer seus músculos. Arriscou pedir ajuda, porém sua voz ocultou-se em algum lugar seguro, embora isso não fosse resolver seu problema.

O céu escureceu-se como se um forte eclipse surgisse do nada.

Subitamente sobressaltou, encharcado de suor. Havia sido um pesadelo real demais. Postou suas mãos entre a cabeça, tronco arcado, sentado sobre a cama.

Durante dois dias seguidos, Volnei simulou não notar nossas insistentes reuniões em meu interno. Sálvia aproximava-se, estancando seu intento ao compreender que Volnei desviava o trajeto, adentrou seu interno, acomodou-se sobre a cama com os pensamentos invadidos pelos mesmos fantasmas e demônios que invadiram os meus.

Esforçou-se, todavia não conseguiu imaginar-se vivendo naquela gaiola por mais um ano sequer, ainda mais sem as únicas pessoas que amava e confiava. Adormeceu, tendo uma anômala noite tranquila, algo que não compreendera pela manhã.

Durante o almoço, Sálvia arrastou uma cadeira, sentando-se na mesa de Volnei. Eram dias em que preferira permanecer sozinho.

– Então, Volnei, o que você decidiu? – indagou, aproximando a face por sobre a mesa.

– Por que vocês precisam de mim? A segurança aqui não é tão eficaz assim. Além do mais, podem contar com um sargento habilidoso e de excelente credibilidade!

– A pergunta correta seria: por que *eu* preciso de você? – lançou, com modesta ironia.

– Você precisa?

– Sim, preciso! Não será um dia completo se você não estiver comigo! Estamos nos empenhando para ter o melhor dia dessa nossa vida miserável!

– Não sei, não sei... – resmungou.

Volnei reuniu-se a nós naquela noite insólita. Vivíamos uns para os outros e sequer notávamos o ambiente em derredor. Planejamos cada etapa de nosso plano, colocando-o em prática no dia seguinte e, finalmente Volnei compreendeu porque sua presença no plano era tão importante.

– Preciso retornar ao Setor Seis, coronel! – requisitou Volnei, postado em pé, defronte à imponente e antiga mesa de Busquet.

– Por que, Jordão? – interrogou serenamente, com os óculos bifocais levemente pendidos sobre o nariz.

– Devo supervisionar meu antecessor! Deixei um legado de disciplina, senhor! Não sou homem de abandonar meus compromissos!

– E você não estaria abandonando seus compromissos no Setor Oito?

– Sim, mas temporariamente! Será uma visita rápida, verei minha companheira, meus comandados e analisarei o procedimento adotado em relação à tropa! – anunciou. Ao proferir *companheira,* o coronel Busquet lançou-lhe um olhar severo, depois se concentrou no documento preso às suas mãos.

– Tudo bem, Jordão! Quero-o de volta às suas atividades no máximo em quarenta e oito horas, ok? – determinou, lançando um envelope fechado sobre a mesa que, ao colidir com a madeira desgastada, emitiu um baque abafado.

– Sim, senhor! – findou, dando as costas.

Antes de fechar a porta, esboçou um sorriso, o qual não pôde ser observado pelo coronel.

Muito antes que qualquer funcionário transitasse pelos acessos em direção às suas atividades corriqueiras, espreitávamos pé ante pé os cantos vazios espalhados pelo caminho. Aureliano e Volnei deslocavam-se à frente, seguidos por mim e Jéssica, Sálvia e Nieguel.

Volnei portava uma espécie de bolacha metálica, uma ficha

do tamanho da palma de sua mão, que acionava os elevadores, além de um papel autorizador que inserira no bolso do uniforme de sua farda negra. Era o único armado com uma pistola Sig Sauer Q-479, calibre 48. Aureliano portava um antigo bastão retrátil, fechado sobre a mão. Nieguel conduzia uma antiga caixa térmica, utilizada para carregar produtos resfriados.

Notei quando Jéssica conferiu, retirando do bolso de sua calça, o que sobrara de um par de óculos escuros, metendo-o novamente no bolso. Sorriu, como se o estivesse mantendo ali por séculos.

Sombras alongaram-se no acesso DEE, Aureliano fez um sinal de silêncio com o dedo indicador sobre a boca. Dois guardas aproximavam-se murmurando, certamente cumpriam seu dever de vigilância, dialogando baixo para não perturbar o sono dos justos.

Volnei postou-se ao seu lado e os demais se afastaram para o breu do corredor. Aureliano aplicou um golpe rápido e eficaz com o bastão, na altura do pescoço de um deles, que despencou desacordado.

O segundo ofereceu um pouco mais de resistência. Sacou uma corda das costas com técnica apurada e, girando-a ao ar, prendeu as mãos de Aureliano, que largou seu bastão com um gemido. Volnei emergiu apoderando-se da corda, tracionou-a em sua direção. Desferiu, então, uma coronhada na nuca do guarda quando este passou cambaleando em sua direção. Utilizando-se da corda para amarrar ambos, depositaram-nos em um nicho entre dois dutos circulares largos e de metal que irrompiam do solo até dissiparem-se ao quase infinito teto acima.

Cortaram o centro do Setor Oito pelo refeitório central. Alguns agentes produtores nutricionistas ingressavam pela porta da cozinha acenando para Nieguel. Eram reclusos, extremamente inocentes, não desconfiaram do nosso passeio prematuro. Jéssica lançou-me um olhar apreensivo. Sorri, dando de ombros.

Próximo ao hangar, um tenente e um cabo despontaram pelas enormes portas duplas descerradas.

– Bom dia, sargento! Um tanto cedo para... – dizia o Oficial, quando avistou o capitão.

– Bom dia, tenente! Isto é uma inspeção! Você é o Oficial-de-dia? – interrompeu Volnei.

– Sim, senhor! – respondeu, um tanto surpreso.

– Os elevadores estão em ordem?

– Sim! Desculpe a curiosidade, capitão, mas quem são esses civis?

– É uma equipe de apoio! Estamos realizando uma ação conjunta! Segurança, fiscalização sanitária, utilização irregular dos meios de comunicação, entre outros! Cada um dos agentes é especializado em um setor! – retorquiu, com serenidade.

– Tudo bem! Posso lhe ajudar em mais alguma coisa, senhor?

Volnei meneou a cabeça, fazendo um gesto para os demais adentrarem o hangar.

– Com licença! – requisitou o tenente, afastando-se com indisfarçável desconfiança.

– Será que ele criará problemas? – inquiriu Sálvia.

– Descobriremos isso mais tarde! – esclareci.

O hangar era colossal, desmedido. Os elevadores conservavam-se estagnados e o silêncio imperava. Volnei apoderou-se da bolacha metálica e inseriu-a em uma fenda, permanecendo um terço de sua estrutura para fora. Uma haste presa soltou-se com um estalo. Compreendi que aquele mecanismo era uma espécie de acelerador, como o que existia no antigo barco do tio Jardel.

Jéssica abriu a tranca simples do portão metálico e adentramos o elevador.

– Todos prontos? – questionou Volnei.

Entreolhamo-nos e desatamos a gargalhar. Volnei girou a haste, no entanto, nada aconteceu. Retroagiu, tentando novamente.

Mais duas vezes, nada. Retirou a ficha e a colocou, gerando novo estalo. Contudo não houve reação.

Ouvimos passos pesados aproximarem-se.

– Ei, o que vocês pensam que estão fazendo? – bradou um velho homem de macacão, agente de construção externa, esfregando as mãos em um pano sujo.

– Estamos testando o sistema! – lançou Volnei, com a mesma austeridade do agente.

– Vocês não podem fazer isso! Esse é o nosso serviço! – explicou.

O ambiente tornou-se pesado, Volnei não esperava por essa cilada do destino. Um som de chibata emergiu, Aureliano distendia seu bastão retrátil.

– Ei, o que é que está acontecendo aqui? – outra voz surgiu da porta dupla. Todos olharam por sobre os ombros e avistaram o tenente retornando em companhia do cabo.

Volnei deu uma gravata no agente, postando a arma sobre sua têmpora direita.

– Afastem-se! Afastem-se agora! – bradou, intimidando.

O oficial deteve os passos, segurando o cabo pelo braço.

– Tudo bem, tudo bem! Sairemos vagarosamente e ninguém se ferirá, ok?

– Está me subestimando, tenente? Feche as portas duplas e permaneça do lado de dentro, encostado nelas!

O tenente esboçou uma feição contorcida de ódio, fazendo um gesto para que o cabo cumprisse a ordem. A porta era colossal e o cabo não conseguia fechá-la sozinho. Com a ajuda do tenente, finalmente a ordem fora cumprida.

– Perguntarei uma vez só! Por que a ficha de autorização não está funcionando? – indagou Volnei, sussurrando no ouvido de sua presa.

– Porque ninguém pode subir sozinho! Há um procedimento que só os agentes de construção e os guardas externos conhecem! Você deveria ter requisitado a um agente para conduzi-lo à superfície!

– Então está feito, acabei de requisitar o auxílio a você! – disse, soltando-o.

– Não posso ajudá-los! Vocês estão sem a roupa protetora! Além disso, o dia lá em cima está nascendo!

Todos o fitaram silentes.

– Santa Maria! Vocês são loucos! – exclamou, esbugalhando os olhos. Olhou por sobre os ombros o tenente e o cabo inertes.

– Olhe para mim! – determinou Volnei com a arma sobre as mãos, porém sem ameaçá-lo. – Onde estão as roupas protetoras?

– Estão naquele armário! – disse, apontando com o dedo indicador um canto próximo dos guardas, da porta dupla.

– Ei, cabo! Pegue uma roupa protetora completa e traga aqui! Antes, porém, deixe sua pistola de serviço com o tenente! Ou melhor, pegue a pistola do tenente e a sua e as coloque dentro do armário, junto às demais roupas!

O cabo emitiu um olhar perfurante à Volnei, aguardou o tenente que titubeara ao entregar a arma e cumpriu o que lhe fora determinado. Aproximou-se, com a roupa sobre a mão direita, e o capacete na esquerda.

Antes de entregar à Volnei, algo deu errado. Tudo aconteceu em dois ou três segundos. Um estampido reverberou seco pelo hangar.

Por debaixo da roupa emaranhada, o cabo mantinha sua pistola em riste. Volnei empurrou o agente que estava ao seu lado, e fez dois disparos com a sua pistola. Entre o primeiro e o segundo, ouviu-se mais um estampido vindo da direção do cabo, que desfaleceu com dois ferimentos à altura do peito. O capacete colidiu com o chão, rolou um ou dois metros. O tenente permaneceu imóvel, meneando a cabeça.

Quando a calma retornou ao hangar, notei que Volnei colocara uma mão sobre o abdome.

– Aureliano, verifique o calibre da arma do cabo! – resmungou Volnei.

– É uma 42, senhor! – respondeu agachado, verificando a arma.

– Tudo bem, não é tão ruim assim!

– Meu Deus! Você foi atingido, Volnei! – esganiçou Sálvia, notando ao redor da mão do capitão, que pressionava o estômago, um círculo aquoso que aumentava lentamente sob a farda negra.

– Vista a roupa, rápido! – bradou Aureliano para o agente, que passou a colaborar ao notar uma diminuta perfuração em uma chapa metálica ao seu lado, proveniente do segundo tiro do cabo. Se não fosse a atitude do capitão em empurrá-lo, o projétil inegavelmente acertaria sua virilha.

Realizando alguns procedimentos, como soltar meia tranca da haste, inserir a ficha e, por fim, completar o giro, ouvimos um som soprado, como antigamente faziam os extintores de incêndio. Sentimos um baque e, em seguida, o solo afastou-se rapidamente.

As estruturas eram improvisadas, enferrujadas e mal encaixadas, porém colossais. A energia vinha da superfície. O teto ainda era imperceptível ao olhar donde estávamos.

Nieguel quis discutir se o tenente não causaria problemas. Volnei disfarçava a dor que sentia, porém não nos enganava de forma eficaz. Quase vinte minutos após, o teto surgiu.

Volnei pressionou de forma desintencional a mão de Sálvia, que lhe retribuiu um sorriso doce e então se recordou de seu sonho, dias atrás. O cenário e as sensações eram exatamente iguais. Após raciocinar, concluiu que só vira Sálvia porque seu coração desejava isto. Embarcara naquele trem sem freios por sua causa... Morreria por sua causa, não pelos outros, embora se preocupasse com cada um. Sorriu com naturalidade, afastando os últimos resíduos de arrependimento.

Havia círculos recortados através dos quais passava a iluminação externa, cobertos por um tipo de rede de treliça que não saberia dizer ao certo se realmente protegiam. Creio que a pele não era afetada por causa da distância que a luz obrigava-se a percorrer e não pelas treliças.

O agente vestiu o capacete, passando a rodar um enorme círculo metálico vertical, como os que eram utilizados em navios piratas, descritos pela literatura imortal. Um *clanck* reverberou pelas paredes do hangar, dando início a uma parafernália de mecanismos que libertaram um estreito feixe de luz.

À medida que uma placa de metal dupla abria-se ao meio, um brilho intenso nos banhava. Experimentamos um calor vigoroso que não chegava a incomodar, não naquele momento. Estávamos quase vencendo a passagem, porém não enxergávamos o panorama... os olhos ainda não haviam se acostumados com a intensa claridade.

Aspirei o verdadeiro ar da superfície, uma fragrância de valor inestimável. Só por estas sensações, o passeio já valera à pena.

Um baque de metais se encaixando fez-nos sobressaltar. Jéssica abraçou-me com firmeza e logo compreendi a razão.

O panorama descortinou-se como um quadro pintado à mão por um artista... pintado à mão por *Deus*. Volnei retirara a mão de seu abdome, como se recuperasse a força perdida.

Havia construções em ruínas, grandes torres ao longe fixadas em montes de areias e resíduos. À direita, uma faixa de mar não mais agressivo como a imagem que ficara armazenada em minhas recordações e o indescritível crepúsculo matutino, rubro e vivaz. Volnei chegou a cogitar se realmente não havia um plano político para manter as pessoas no subterrâneo, porém descartou logo a ideia que, além de insana, não demonstrava probabilidades, pois não havia indícios de vida animal na superfície.

De repente, Volnei paralisou. Reconhecera aquele lugar. Seus avós, quando vivos, possuíam um apartamento próximo dali, era o estacionamento de um supermercado que já não mais existia. Antigamente, chamavam aquele local de Brejatuba, um bairro do município de Guaratuba, litoral do Paraná. Estavam a menos de cem metros do mar.

Notei a reação de cada um. Todos se mantinham hipnotizados, exclamavam murmurando algo para si mesmos, fechavam os olhos para sentirem a leve brisa do mar que alisara os cabelos.

Jéssica abriu os braços, inspirou fundamente e sorriu. Foi a deixa para trasbordar a paixão que sentia por ela.

Sálvia tentou abarcar o corpo de Volnei, no intuito de ajudá-lo a caminhar, porém não foi necessário. Caminharam naturalmente lado a lado, em direção ao mar.

Aureliano, que pela primeira vez vi sorrir, seguiu-os andando.

Nieguel lançou um leve tapa à caixa térmica em suas mãos, e deslocou-se.

Abraçado à Jéssica, fui no encalço dos novos desbravadores.

Vencemos um leve cume de areia e o mar emergiu completamente, sugeria uma baía, ausente de ondas.

– Creio que o tenente não incomodará mais, não acham? – indaguei, otimista.

– Acho que sim! – respondeu Sálvia. – Muitos têm este sonho, mas não têm a coragem necessária para concretizá-lo! Como não retornaremos, penso que não há motivo para enviar agentes em nosso encalço, que serão prejudicados desnecessariamente com o nascimento do dia!

A frase *como não retornaremos*, causou-me uma gélida sensação no estômago mas, ainda assim, não conseguia inumar a felicidade que sentia em razão daquela liberdade toda.

Sentamos na areia quente, macia. Acariciei-a como algo novo, nunca visto antes. Permanecemos ali, até o céu transmutar do rubro para o azul intenso. Nieguel finalmente abriu sua caixa misteriosa, entregando um pacote para cada um.

Havia um sanduíche de hambúrguer e queijo, batatas fritas e, para nossa completa admiração, dois frascos, um com um líquido escuro e frisante e outro escarlate.

– Nieguel, meu rei, como você conseguiu isto? Aliás, o que tem nestes frascos? – indagou Aureliano.

– Não me perguntem como conseguimos produzir isso tudo! Esta será a refeição dos integrantes da mesa oficial da próxima semana! Eles não comem aquela gororoba que servimos aos internos! O primeiro frasco é refrigerante. – anunciou, aguardando a reação que esperava, ou seja, uma completa admiração. – E o segundo, fiz especialmente para você, Felício! – disse, volvendo-se em minha direção.

– Como? Mas o que é?

– Algo que você não pôde provar quando era criança, mas que agora poderá fazê-lo! Não é grande coisa, mas aproxima-se bem do gosto antigo!

– Não é possível! É vinho, não é? – Nieguel não respondeu, sorriu e balançou a cabeça afirmativamente, fazendo um gesto com a mão para que eu me servisse.

Não ousei provar o vinho antes de realizar minha refeição. O refrigerante era soberbo, encontrava-se envolto em pedaços de gelo que derretiam lentamente.

– Adorava isso! – murmurou Volnei, aparentando insensibilidade a uma suposta dor.

Nieguel não tocou em sua refeição. Desconfiamos que a tivesse provado infinitas vezes, antes de chegar à sua pretensão. Retirou a camisa e avançou até o mar. Clamava para que entrássemos, mas tínhamos muito tempo para desfrutar do paraíso.

Findei a refeição e abri o frasco vermelho.

– Tinto, como papai gostava! – sussurrei para mim mesmo, sentindo uma saudade irresistível de meu pai.

Não consegui conter as lágrimas que rolaram pelo meu rosto. Os olhos de Jéssica marejaram de lágrimas sem que fosse dita uma única palavra.

Adentramos o mar, corremos pela orla, reinventamos as brincadeiras que praticávamos quando crianças, relembramos toda a história do plano que se principiou com a rede virtual de computadores. Era engraçado ver o que a vontade humana era capaz de fazer.

Ao fim da tarde, uma exaustão abateu-nos Talvez pela tarde agitada, talvez por causa do efeito que o Lesônio iniciara em nossos corpos. Ficara tarde e resolvemos voltar com o intuito de nos escondermos dos guardas externos.

Repentinamente o cenário tornou-se sombrio, escureceu rapidamente. Notei algo mobilizar-se à direita. Eram pessoas que, em grupos, transitavam livremente. Homens, mulheres e crianças. Algumas com roupas mais antigas, outras com as roupas simples dos internos.

– Olhem! – alertou Aureliano.

Havia outro grupo de pessoas, ao longe, à esquerda.

– Não é possível! Eu disse que havia uma política para nos manter trancafiados como criminosos! – exasperou Volnei.

Antes que alguém pudesse questionar sua teoria, estagnaram.

Em direção à saída do Setor Oito, havia vários guardas externos vestindo roupas protetoras, reunidos em círculo diante da passagem.

Indecisos por um momento, entreolhamo-nos e decidimos seguir até a aglomeração, afinal de contas, tínhamos concretizado com êxito nosso maior sonho.

Quando os guardas afastaram-se da passagem, senti um intenso arrepio sobre a coluna. Minhas pernas vacilaram ao presenciar o surreal, nossos corpos conservavam-se jazendo sobre o piso do elevador. A caixa conduzida por Nieguel, estatelada ao lado, ainda fechada. A escuridão do cenário regrediu, junto ao tempo que passamos na superfície, até estancar no início do crepúsculo matutino.

Nossa morte fora imediata. Isso explicava porque Volnei não sentira dores ou porque o tenente, supostamente, não alertara a guarda externa. A teoria moderna sobre o Lesônio era factual.

Recordei-me dos amigos da Teleintersos S/A que deixara para trás, dos primeiros traços de nosso plano através da rede virtual de computadores. Num átimo, lembrei de papai desvanecendo ao encontro do sol escarlate, conduzindo mamãe sobre os braços. Compreendera, pela primeira vez, sua atitude... Era sim, para mim, um herói.

Outras pessoas que vagueavam sem as roupas protetoras, habitavam ali. Não saberia afirmar por quanto tempo. Eram como nós, vítimas da insensatez humana, da subestimação à natureza.

Os guardas recolheram com destreza nossos corpos em sacos mortuários. Um deles redigiu algo em uma prancheta digital. Visou, no seu topo, o horário da ocorrência: 3:33. Anotou, fixando a caneta ótica em uma base própria. Depois desapareceram pela passagem.

Concluí que os filósofos estavam certos: se um interno sair, preferirá morrer à voltar. Depois da decisão tomada, não há mais volta.

Permanecemos ali, inertes, aturdidos, enquanto outras vítimas do Lesônio circundavam-nos silentes, feições exprimindo singular condolência.

Final Alternativo

Repentinamente o cenário tornou-se sombrio, senti uma enorme angústia, como uma lança percorrendo os músculos do corpo. Esforcei-me em tentar focar uma imagem desfigurada, negra.

De súbito, o cenário clareou e mostrou-se nítido. Vislumbrei o céu avermelhado, característica do crepúsculo matutino.

Ao canto, quase de ponta-cabeça, vi através do capacete do agente de construção sua feição apavorada. Compreendi que me mantinha deitado, impossibilitado de mobilizar-me. Ouvia ganidos e lamuriações ecoadas em meus ouvidos. Eram meus amigos, estatelados sob um sol arrebatador.

Tentei reagir, contudo era tarde demais, sabia disso. A teoria moderna sobre o Lesônio era factual e nossa morte era inevitável, sequer havíamos desembarcado do elevador.

Recordei-me dos amigos da Teleintersos S/A que deixara para trás, dos primeiros traços de nosso plano, através da rede virtual de computadores. Num átimo lembrei de papai desvanecendo ao encontro do sol escarlate, conduzindo mamãe sobre os braços. Compreendera, pela primeira vez, sua atitude... Era sim, para mim, um herói.

Tentei dizer a Jéssica o quanto a amava, todavia o Lesônio destruíra minhas cordas vocais. Permaneci ali, em companhia de meus amigos, aguardando o instante final de nossas vidas. Contudo, não me arrependera da minha decisão.

Os filósofos estavam certos: se um interno sair, preferirá morrer à voltar. Depois da decisão tomada, não há mais volta.

Minha respiração tornou-se lenta e, finalmente, o cenário escureceu.

Margaux

I - A Cidade

Ainda não havia me dado conta de que adentrávamos a cidade de Margaux, no extremo oeste da França, enquanto discutíamos sobre a complexidade dos vinhos – e da acentuada diferença entre as safras – elaborados pelo *Château Pichon Longueville*, de Pauillac.

Havíamos cruzado diversas cidades pequenas e medievais que sequer sabíamos o nome. Há muito tempo não lançávamos luz alta em saudação aos motor-homes que cruzávamos no caminho, ou *os motor-homeros*, como chamávamos a legião de *traillers* que invadira a França por todos os lados. Cumprimentavam-se com acenos, luzes ou buzinas, estacionavam em comboios, já que era uma forma mais segura de passar a noite, em um estacionamento qualquer ou mesmo na rua.

Era início da Primavera na França, aproximava-se das vinte e uma horas, quando o crepúsculo avermelhado dava lugar à sombra negra que cobria o horizonte ao longe. O frio descia leve, como uma incomensurável manta invisível.

Dirigia o motor-home com o auxílio de um *GPS* preso de forma improvisada em uma prancheta no painel. Lacerda permanecia sentado logo atrás , testando a teoria da perfeita harmonização entre um legítimo vinho branco de sobremesa *Sauternes premier cru classé* e um queijo roquefort. Por vezes passava-me a taça e alguns pedaços do queijo. A combinação entre a doçura do vinho e a robustez do queijo era perfeita.

A França era exatamente assim. Sentia-me um *bon vivant* estrangeiro, experimentando um pouco de história, de cenários incríveis, regados a singulares vinhos e boa culinária.

– Estamos na cidade? – inquiriu, interrompendo-se. Imaginei-o com aquela feição inquisitiva que sempre esboçava, cenho franzido.

– Acho que sim! Faltam somente dois quilômetros para chegarmos ao destino final.

– Será que o português se confundiu?

Português era o apelido que havíamos dado ao GPS, o qual nos indicava o itinerário com perfeição, através de um sotaque lusitano.

– Impossível! Aqui diz que a cidade toda possui 7,38 Km^2! – sorri.

A cidade era extremamente plana, casas construídas em um mesmo padrão, antigas e conservadas. As ruas limpas, muito bem preservadas, embora exibissem a aparência da sua verdadeira idade.

Após um ou dois minutos seguindo as curvas indicadas e percorrendo o interior de Margaux, que mais parecia uma diminuta vila, notei algo estranho. No início, mantive-me silente e observador. Após, quando Lacerda discorria sobre as propriedades da uva Cabernet Sauvignon cultivada em Bordeaux, lancei:

– Ei, Lacerda! Por favor, diga-me que não estou maluco!

– Quê?

– Você notou que a cidade está vazia? – indaguei, olhando pelas janelas laterais, ambos os lados.

Naquele momento, desejei que nosso veículo possuísse um espelho retrovisor interno – ainda que isso fosse incoerente, uma vez que o motor-home não possuía janela traseira -, só para poder observar a feição de Lacerda.

– Não! E está? – retorquiu, sem muito interesse.

– Creio que sim! Até agora, não vi uma vivalma!

Houve um momento de silêncio.

– E quase nenhum carro! – emendei.

– É, é verdade! Minha avó falava assim

– Sua avó falava o quê?

– Essa história de vivalma!

– Ah! – exclamei.

Sabia que Lacerda media as palavras a serem ditas, pois sempre fora cético demais em relação a assuntos cuja natureza era supostamente inexplicável.

– Esse pessoal do interior, da lavoura, sabe, recolhe-se cedo! – continuou, recostado numa das poltronas defronte à mesa principal, logo atrás.

Na verdade já esperava uma ideia racional como essa, até porque eu mesmo, naquelas circunstâncias, acreditava nela.

Indiferente, Lacerda retomou o assunto das uvas e do corte bordalês e ingressava nas características da Merlot, quando novamente o interrompi.

– Lacerda, desculpe, mas percebi algo ainda mais estranho!

– O que foi desta vez? – seu tom era um pouco mais hostil.

– Veja se você consegue identificar alguma das casas com a luz interna acesa! – propus.

– Como?

– Tente! – reforcei, baixando o vidro da janela. Uma leve e gélida brisa entrou como uma estranha penetra.

Ele levantou-se preguiçosamente com a taça na mão e sentou-se no banco da frente, ao meu lado.

O panorama passava pelas janelas, as luzes dos postes acendendo-se aos poucos, e não conseguíamos apontar uma casa sequer onde houvesse luz ou movimentação interna... Quer fosse pelas frestas das janelas, na maioria cobertas por venezianas, quer por frestas de portas ou pelas janelas dos sótãos com cortinas.

– *Lacerdaaaaaaaaaaa*! – bradei colocando o rosto para fora da janela.

Ele gargalhou por alguns segundos, meneando negativamente a cabeça. Acostumara a berrar a esmo o nome de meu amigo, muitas vezes nas multidões das pequenas cidades. Quando as pessoas se voltavam em nossa direção, gesticulávamos para um local, uma janela, um carro.

Em contrapartida, enquanto andávamos pelas ruas da França, Lacerda passara a proferir palavrões e ofensas em português, sempre se dirigindo a mim, mas indicando, com cautela, alguém próximo. São situações que só acontecem em viagens, entre amigos que voltam a incorporar um espírito infantil e colegial. Tudo aquilo fazia com que esquecêssemos os problemas do cotidiano, deixados à porta do aeroporto Internacional Afonso Pena.

Após uma curva estreita à esquerda, deparamo-nos com um veículo estacionado próximo ao meio-fio. Um local proibido, pois a rua era estreita demais para a extensão de dois veículos, principalmente se um deles fosse um motor-home.

Obrigamo-nos a parar.

– Pelo menos há um carro aqui, não? – disse Lacerda, mais perguntando que afirmando.

– Há outros! Já passei por alguns estacionados lá atrás!

– Vamos dar à ré? – sugeri.

– Nada disso! Vamos fazer esse folgado sair daí!

Olhei-o de soslaio, sorri com um dos cantos da boca e afundei a mão na buzina.

Seguiu-se um silêncio quase incômodo. Ouvíamos somente o tênue ronronar do motor e uma leve brisa soprando quando Lacerda abriu a janela da porta ao seu lado. Ameaçou cuspir no pequeno e empoeirado Peugeot roxo, mas não o fez.

– Ei, tire esse veículo daqui para podermos passar! Ei, francesada, como é? – bradou. Foi cômico. Acho que o Sauternes que tinhamos bebido havia dado um mata-leão em meu velho amigo de viagem.

Abri a porta e desci. Admirado com a minha decisão repentina, Lacerda desembarcou em seguida, ainda com a taça na mão, é claro.

– Mas que diabos há com esta cidade? – murmurou.

Bati palmas defronte ao portão.

As casas eram de concreto arcaico e as janelas em madeira de duas folhas, estilo veneziana, que se conservavam fechadas e, não raras vezes, com frestas à mostra. Nesta em particular, em uma das folhas da janela frontal, havia um vão... Dentro, escuridão.

Fixei o olhar dentro da fenda, mas não consegui enxergar coisa alguma. Entretanto, naquele pequeno instante em que perscrutava o interior da residência, a folha oscilou vagarosamente ao sabor da brisa quase noturna. Senti um calafrio percorrer minhas costas, não havia motivo aparente, porém aconteceu. Decidi não contar a Lacerda, embora ele já desconfiasse de algo.

– Há algo errado, Jader?

– Não! Só quero sair daqui!

– Tudo bem! – resmungou, em uma careta de indiferença.

II- Vultos no Bosque

Passamos por um ponto de ônibus coberto com banco em fibra visivelmente abandonado. Não fiz qualquer comentário, eu mesmo já não mais sentia prazer em apontar as excentricidades do local. Alguns detalhes eram simplesmente dispensáveis e intuí que talvez agindo assim evitássemos atrair mais desconfiança e, consequentemente, um medo desnecessário.

O facho de luz do motor-home ficava cada vez mais delineado. De um modo geral, a iluminação era débil, gerada por alguns poucos postes afastados uns dos outros.

Dirigia o veículo a não mais que quarenta quilômetros por

hora. Quanto mais adentrávamos o centro, mais estranhávamos. Ao passarmos por um local aberto onde havia uma quadra de esportes , diminuí a velocidade.

– Aqui é um local bem iluminado! Um bom local para passarmos a noite! – sugeriu Lacerda.

– Você quer dizer: a *quadra* é bem iluminada, não é? – corrigi.

– O que é que tem? – perguntou, levantando-se para lançar a garrafa de sauternes vazia em uma sacola do *Carrefour* improvisada como lixo, presa em um gancho fixado na porta do motor-home.

– Não está vendo? Há um matagal logo atrás da cancha! – disse, apontando para o local.

Lacerda baixou o tronco para visá-lo pela janela do meio.

– Sim, e daí?

Olhei-o por sobre o ombro, incrédulo.

– Está bem, está bem! Então por que você não pega essa rua lateral para darmos uma olhada no matagal? Aliás, aquilo não é um matagal, é um bosque! – afirmou, sem tirar os olhos do local.

Na verdade, não sei se a observação de Lacerda influenciou-me, mas realmente agora parecia mais um bosque do que um singelo matagal.

– Por que não? Vamos lá!

Segui pela frente da cancha e ingressei na rua lateral. Ao adentrarmos, freei de modo brusco e reflexivo.

– O que há? – indagou Lacerda, que retornava ao seu assento. Agarrou-se à mesa central para não despencar entre os bancos.

A rua estava mergulhada em pura escuridão.

– Não sei! Parece que vi algo! – disse.

Ouvimos somente o ronronar baixo do motor-home por alguns segundos.

– Algo? Como o quê? – perguntou, agora sentado ao meu lado, semicerrando os olhos através do pára-brisa.

Acionei a luz alta.

Lá na frente, a uns cem metros, a rua findava-se em uma linha de arbustos curtos que bloqueavam a passagem para o bosque. Além deles, parecia existir um descampado estreito, talvez uma ciclovia, e novamente uma segunda linha de arbustos, formando um tipo de corredor protegido. Algumas árvores acomodavam-se ao redor, sem formalidades.

– Não sei! Vultos, talvez crianças! – murmurei, também fixando a visão.

– Onde?

Repentinamente, algo se moveu na escuridão. Pareciam alguns vultos saltando a linha mais distante de arbustos, seguindo em nossa direção. Fixamos a visão e, se nossos olhos não nos iludiam, eram seis ou sete vultos de tamanhos distintos. Víamos com dificuldade a silhueta da metade de seus corpos por causa dos arbustos mais próximos que os cobriam.

– Olha lá! Algo está vindo em nossa direção! – anunciei, com voz esganiçada.

– Calma, Jader! Não dá para ver direito, mas acho que são adolescentes ou crianças! Devem estar vindo para a cancha! Afinal, em que você está pensando? – exasperou-se, um tanto impaciente.

Apesar da dúvida que pairava, parecia um grupo de silhuetas de adolescentes e crianças saltando o bosque de forma descontraída, embora demonstrasse determinação. Algumas eram altas e magras, outras baixas e mais proeminentes.

– Não sei! Não sabemos o que eles querem e não faço questão de descobrir! – proferi, engatando a marcha à ré.

A luz afastou-se do fim da rua no momento em que os vultos venciam a linha de arbustos mais próxima e ingressavam na pista. Segui novamente os conselhos do nosso amigo lusitano e prossegui em frente.

Sabia que Lacerda fitava-me de revés. Sabia, inclusive, o que pensava: *ele está maluco, só pode estar maluco! Com medo de alguns adolescentes prontos para jogar futebol, ou sei lá o que jogam por aqui!*

Entretanto, a prevenção já me salvara de situações que, de início, mostraram-se inocentes e posteriormente, durante o seu desdobramento, extremamente perigosas. E antecipar-se por cautela nas circunstâncias em que estávamos nunca era demais: fora do país, em outro continente, em uma cidade vazia, estranha, em um motor-home alugado com seguro limitado... Por sinal, bem limitado.

III - A Velha Estação

Seguia em uma via reta quando o *português* orientou-me a dobrar à esquerda, onde havia uma escultura em pedra que dividia a mão dupla da via.

Permanecíamos silentes.

A uns trezentos metros, após passar por outro ponto de ônibus abandonado, notei que a via se findaria em uma velha e rústica meia-água em madeira. Ao nos aproximarmos, concluí que chegáramos a uma velha estação de trem, no ponto central de Margaux. O *GPS* confirmara meu raciocínio, logicamente em sotaque lusitano: *chegou ao seu destino!*

Na verdade, a via fazia um grande contorno à esquerda. À frente e novamente à esquerda, retornava à rua paralela pela qual vínhamos. À direita havia um mini-estacionamento ao ar livre, indicado por uma daquelas placas azuis margeadas de branco com a letra *P* em destaque. Acostada ao meio-fio da via, que dividia com o *parking*, havia uma van estacionada. Para ingressarmos no estacionamento tínhamos de manobrar rente à margem de uma curta calçada à direita.

Havia ali umas doze vagas: seis próximas à divisão da calçada com a via e outras seis nos fundos, as quais terminavam em um enorme casarão de dois andares, parecido com as residências menores – a diferença é que nesta havia um sótão no lugar das dependências superiores – todavia com o aspecto de um pequeno mercado. Seria, ironicamente, um tipo de estacionamento alocado no centro de Margaux.

Em uma das vagas do canto, que dava para a junção das extremidades da velha estação com o mercado, havia um antigo Golf preto estacionado.

– Precisamos de água! – lançou Lacerda, quebrando o silêncio.

Parei o motor-home na transversal às vagas demarcadas da frente. Do nosso lado esquerdo, do lado oposto do *parking* e da *praça central*, além da van, havia um poste de iluminação.

Notei que Lacerda concentrava-se em algo que via através da janela à direita. Ele fixava-se em uma varanda, sob a penumbra do avanço do telhado. Logo identifiquei do que se tratava: uma pia externa com torneira à vista.

– Ei, você não está pensando em...

– Qual o problema? A torneira está ali! É só água! – disse indiferente, e saiu.

Resmunguei enquanto Lacerda afastava-se sorrateiramente e ingressava na escura varanda. Vi quando ele se curvou, de costas. Logo em seguida, ouvi o tênue som da água jorrando. Então ele virou-se, exibindo um sinal de positivo.

Bufei antes de manobrar.

A parte alta da lateral do motor-home quase abalroou o avanço. Retiramos a mangueira e fixamos uma das pontas na torneira enquanto a outra se conservava no interior do compartimento de água. Mais dez centímetros e a distância seria insuficiente.

Fitei Lacerda segurando a ponta da mangueira junto à torneira – que por vezes escapava pelo seu encaixe ruim e por causa da pressão – enquanto esboçava um sorriso malicioso. Meneei a cabeça em desacordo, porém não consegui conter um sorriso.

Repentinamente, Lacerda fechou a torneira, fitando-me com seriedade. Houve tempo hábil de ouvirmos um ruído findando-se dentro do mercado, o estranho era que não havia sinal de luz interna.

Soltei a mangueira, afastei-me lentamente do avanço e visei por cima, para o andar superior, onde havia janelas com venezianas parcialmente fechadas. Nada... Silêncio em meio ao murmurar da brisa.

Sobressaltei quando Lacerda acionou novamente a torneira e a água jorrou. Por sorte a ponta da mangueira não se soltou do motor-home em virtude da pressão da água. Era evidente que Lacerda planejara aquela peça, segurava o que seria, provavelmente, uma gargalhada.

– Ficamos aqui? – murmurei.

– Por que não? – disse, dando de ombros.

IV - O Trem de Brinquedo (O Trem du Marechal)

Lacerda retirou da geladeira e descongelou algumas ostras que havíamos comprado em um dos inúmeros *Carrefours* por onde passáramos. Lançou alguns temperos sobre elas e ocheiro agradável, principalmente do manjericão, dominou o *camping-car.*

– O que vamos tomar? – perguntou agachado, a porta do armário sob a pia da cozinha aberta, onde havia uma caixa com quatro vinhos, a fumaça da panela pairando sobre sua cabeça. Apanhou uma das garrafas cuidadosamente e, após algum suspense, virou-a em minha direção.

– Ficou maluco? Não vamos abrir um *Richebourg* 79 aqui! Vamos levá-lo para o Brasil, não? Que tal o *Château Ducru-Beaucaillou*? – propus.

Lacerda permaneceu sério, visando-me por sobre o ombro... depois, sorriu.

Aproximava-se das vinte e três horas quando resolvemos descer pela porta do meio e apreciar o panorama insólito. De posse das taças de vinho, nos afastamos uns dez metros do enorme veículo, agora devidamente estacionado em uma das vagas do fundo.

Fitei momentaneamente a van da volksvagem estacionada à frente do motor-home, do outro lado da estreita calçada.

Permanecemos logo atrás de uma parada de trem – quase acostada à meia-água, que juntas formavam uma ideia de Estação – supostamente abandonada, pois suas laterais em vidro estavam depredadas. Foi o primeiro sinal de arruaça que presenciáramos desde nossa chegada à França.

Havia uma placa fixada na cobertura da precária habitação: *Gare de Margaux*. No poste ao lado, no centro da curva à esquerda, outra fixada alta: *Rue du Marechal Foch*.

– *Lacerdaaaaa*! – bradei, e o som reverberou ao longe. Ao meu lado, ele sorriu.

– Escute, acho que agora você ficará realmente irritado! Estou ensaiando para lhe dizer outro fato estranho que reparei há pouco!

– Como assim? Já achou outro? – indagou e, desta vez, pude contemplar aquela sua feição característica de incredulidade sendo açoitada por uma leve brisa noturna.

– Sim! Ou quando chegamos aqui eu já estava bêbado! – emendei.

– Provavelmente! – sussurrou sério e irônico, antes de levar o copo à boca.

Seguiu-se um instante de silêncio.

– Não havia um Golf parado aqui ao lado? – perguntei, apontando para uma vaga vazia, duas distantes do motor-home.

Lacerda varreu o local com os olhos no momento em que ainda bebia um bom gole do vinho. Desceu a taça, sorriu, de forma estranha, como se uma ponta intrusa de fé emergisse e gerasse dúvidas a respeito do possível sumiço do veículo.

– Havia, não é? – disse para si mesmo girando sobre os calcanhares de forma um tanto cômica, no intuito de vasculhar o cenário às suas costas.

– Certamente! – retorqui, beirando o sarcasmo.

– Quando manobramos o motor-home para estacionar, depois de colocarmos a água, você viu o Golf?

– Sim! – respondi, após titubear por alguns segundos.

– Tem certeza?

Meneei a cabeça.

– Há uma explicação lógica e simples para isso! – disse. Sorri, como se questionasse: *"é claro que sim, sempre existe uma explicação lógica, não é, caro amigo?"*. – O carro saiu enquanto jantávamos!

Franzi o cenho, mas não o contestei. Ambos sabíamos que se um ruído um pouco mais evidente fosse emitido naquela cidade, ainda mais ao nosso lado, teríamos percebido.

Concatenei as ideias por um instante em silêncio e, ao decidir retomar o assunto de uma maneira delicada, por óbvio, algo me chamou a atenção, um leve ruído ao longe fez trepidar algo atrás de nós.

Inicialmente, Lacerda visou por sobre os ombros, então se virou. A luz do poste cintilou na sua taça quase vazia. Segui-o, o motor-home às nossas costas.

O ruído tornou-se sensivelmente mais forte, parecendo-nos que algo se aproximava e, embora ainda estivesse distante, indicava grandiosidade e potência.

Permanecemos ali, imóveis, um pouco temerosos, e podia sentir isso em Lacerda. Um som de tilintar metálico vinha da escuridão vazia, à frente da Estação de Trem. Repentinamente, o som intensificou-se, explodindo em nossos ouvidos.

Um forte facho de luz atingiu nossos olhos e algo passou por nós com uma velocidade incrível. Mecanismos metálicos articulados rangendo, o vento lufando impetuosamente contra nosso corpo. Um trem de aproximadamente oito ou nove vagões.

Pareceu-me, embora de forma ridícula e praticamente impossível, quase não tocar o solo. Sua velocidade era realmente incrível. Não algo impossível, mas um tanto improvável. Seguramente não se deslocava a uma velocidade inferior a duzentos quilômetros por hora.

O que nos impressionou foi a apresentação do trem: bastante obsoleto, enferrujado, pintura fosca e suja, desengonçado. Era como se um velho trem de brinquedo, sem pilhas, fosse empurrado sobre os trilhos com força exagerada por uma criança. Nos chamou a atenção um grande *GAY* pichado em vermelho na retaguarda, porém estava incompleto, faltando um pedaço da perna do *Y* e podíamos até imaginar algumas possibilidades como, por exemplo, a de alguém afugentado o vândalo a tempo de evitar a finalização da pintura tosca.

Recordei-me, em poucos segundos, de uma passagem da minha infância. Morava em uma rua que se findava em um trilho de trem e, às vezes no fim da tarde, juntava-me a um grupo de amigos do colégio para colocarmos sobre os trilhos antigas moedas que acabavam transformando-se em *moedas-papel*. Não sei explicar qual a graça que sentíamos naquilo, mas ríamos muito e nos divertíamos... Enfim, o que lembro perfeitamente era a velha aparência do trem, parecido com aquilo que acabara de passar por nós. A diferença entre eles é que o da minha infância transitava, no *máximo*, a quarenta quilômetros por hora.

Entreolhamo-nos.

– Puta que o pariu! – esganiçou Lacerda. Sem dúvidas, a combinação de *Sauternes* com o *Beaucaillou* o havia transformado em um personagem cômico.

– Mas que... – murmurei, em uníssono ao comentário de meu amigo, enquanto fitava a traseira do último vagão com o enorme *GAY* em vermelho sumir ao longe, na escuridão da noite.

– Isso foi definitivamente estranho! – findei.

V - A Van

– E aquela van? – questionei, no momento em que Lacerda avançava o primeiro degrau da porta do meio do motor-home que se conservava aberta, a luz interna jorrando para fora.

– O que é que tem? – redarguiu.

– Não sei! Já que não temos muito o que fazer, vamos dar uma olhada?

– Claro que temos! Temos de jogar xadrez, esqueceu?

Não respondi. Simplesmente fiquei ali parado, fitando-o de forma inexpressiva.

– Tudo bem, tudo bem! Se isso vai te deixar feliz, vamos lá! – proferiu, aborrecido.

Com um golpe retirou-me a taça da mão, colocando-a junto à sua em cima da mesa e voltou, mantendo a porta aberta. *A probabilidade de isso me trazer alguma alegria é ínfima,* pensei, com certa lógica.

Aproximamo-nos da van verde, coberta por uma fina camada de pó, com várias janelas e cortinas internas presas. Do outro lado da rua havia um poste com iluminação, o que nos permitia ver, de forma comedida, o interior. Com as mãos em concha, pudemos ver que os bancos traseiros estavam rebatidos e formavam uma cama que se estendia até o porta-malas em que se via alguns cobertores emaranhados.

– Você está vendo aquilo? – indagou Lacerda e, pela primeira vez, senti um tom de instabilidade em sua voz.

– Vendo o quê?

– Aquilo! – indicou com um dedo a parte de trás, na altura do porta-malas, enquanto a outra mão permanecia em concha.

Quando compreendi o que Lacerda apontava, senti um pequeno calafrio, o mesmo que me alisara as costas quando avistara, momentos antes, a fresta na janela de uma das casas.

No final do cobertor, despontando de baixo, havia as pontas de duas pernas do que seria uma calça jeans. Demorei um instante para perceber que realmente não havia ninguém a vestindo, embora estivesse distendida como se alguém se encontrasse dormindo, em meio às cobertas e, por alguma situação anômala, tivesse sumido.

– Isso sim é definitivamente estranho! – murmurou Lacerda, para a minha completa admiração.

VI - O Gongo

Estávamos na terceira e mais complexa jogada de xadrez, em companhia da *La Grande Dame*, assim denominamos o Champagne *Veuve Clicquot*, em homenagem ao melhor rótulo de nossa vinícola – singulares *vintages* que não existem para vender no Brasil.

– A tua *dame* já era! – alertei, de forma irônica.

– Seu filho-da-mãe, não vi! Você me fez uma emboscada!

Evidente, quase não enxerga o próprio nariz, vai enxergar o tabuleiro?, pensei de forma exagerada, por óbvio.

– Do que você está rindo? – enfureceu-se, vendo-me retirar a dama branca do minúsculo tabuleiro, com um sorriso contido na face.

Logo estávamos rindo, ouvindo música dos anos oitenta no laptop e tentando descobrir de quem era a voz que se esgueirava em nossos ouvidos, qual o grupo ou cantor e alguma peculiaridade relacionada à musica, à juventude da época.

No momento em que Lacerda despejava as últimas gotas de champagne em nossas taças de vidro para vinho tinto, ouvi um estranho som durante uma rápida pausa existente na música *You Can Call Me Al*, de Paul Simon.

– Ei, abaixe isso! – bradei, endireitando-me na cadeira. Lacerda gargalhou, acreditando que se tratava de uma brincadeira, enquanto fingia tocar um saxofone invisível.

– Estou falando sério, ouvi algo lá fora!

– Hã? – resmungou, ajeitando-se no banco do motorista, que se conservava voltado para a mesa, e clicou uma tecla no laptop, interrompendo o som.

O silêncio persistiu por apenas cinco ou seis segundos. Em seguida um alto badalar ecoou ao longe.

– Que diabos foi isso? – inquiriu Lacerda, feição admirada.

Decerto agora leva mais a sério as estranhezas da cidade, cogitei.

– *Psiuuuu*! Não sei! – murmurei, agitado. Fitei as janelas do motor-home de forma inútil, pois já as havíamos recoberto com uma capa prateada que protegia contra a visão externa.

– Acho que são de uma igreja. Vamos sair para ouvir melhor? – propôs Lacerda.

– Ficou maluco? – respondi, em meio a outro badalar.

Levantei, puxei uma ponta da capa da janela do meio, despregando uma das ventosas em plástico que a mantinha sobre o vidro, com o intuito de visualizar o panorama externo.

– Estou te estranhando, Jader! Não sabia que você era tão medroso! – exasperou Lacerda. Girou o banco para a posição originária e saiu pela porta do motorista.

Senti-me ofendido, porém dei um desconto por causa do efeito que a *La Grande Dame* exercia no organismo do meu amigo, depois porque eu não sabia ao certo se realmente estava exagerando. Normalmente não me comportava daquela maneira... Sem dúvida, a influência do local e as circunstâncias me levavam a isso. Para complementar, aquele maldito som não se parecia muito com sinos do campanário de uma igreja e espalhava-se ao redor de forma enigmática – ou talvez fosse minha percepção sensivelmente aguçada pelo temor – provocando ainda mais meus nervos.

Desci pela porta do meio, passei pela frente do motor-home, fitei de relance a van devidamente estacionada, que certamente ainda acomodava em seu interior a bizarra calça jeans jazendo aprisionada aos cobertores, e juntei-me a Lacerda.

As badaladas continuaram... Uma a cada vinte ou trinta segundos. Ficamos imóveis, ouvindo por alguns minutos.

– Lacerda, você está ouvindo um gongo?

– Claro, foi por isso que saímos do motor-home!

– Não! Não me refiro às badaladas! Estou dizendo que logo depois delas, ou quase junto a elas, há o soar de um gongo, não há? – indaguei, com incerteza na voz.

– Não! – retorquiu.

Após três badaladas, ainda com a taça vazia nas mãos – estava condicionado a carregá-la – Lacerda retomou o assunto:

– Não sei se você me influenciou, mas acho que estou ouvindo o gongo!

– É! Acho que ele está ficando um pouco mais audível! – murmurei.

– Ainda não sei ao certo! É como às vezes acontece com as degustações!

– Como assim? Não entendi!

– Às vezes você se antecipa e diz o que acha da cor e, principalmente, do aroma de um vinho! Isso muitas vezes me influencia!

– Ah, isso! – retorqui, com desdém.

Então compreendi quem era o verdadeiro responsável por acabar de abalar meus nervos: não eram as badaladas, mas sim os gongos subliminares.

– Esses gongos estão me arrepiando os braços! – disse repentinamente Lacerda.

– O quê? O que você disse? – balbuciei incrédulo. Talvez não presenciasse outro momento na vida em que Lacerda confessaria seu temor pelo desconhecido.

– Ainda assim tenho certeza que as badaladas são de uma igreja! – asseverou, retomando a postura cética.

– Que horas são? – perguntei.

– Deixe-me ver! – girou o pulso – por sorte seu copo estava vazio e evitou que o vinho fosse arremessado contra seu abdome – fitou por um instante o relógio, soltou o braço e visou ao redor.

– E então? – insisti, percebendo sua dissimulação.

– São 23:41! – murmurou, indiferente.

– Há, sim! Então vejamos: os sinos normalmente badalam em horas cheias, não?

Lacerda não respondeu.

– Isso significa que o relógio da igreja está atrasado? Ou melhor, que não sabem contar? Já foram pelo menos umas vinte badaladas de sequência *ilógica*!

VII - Vácuo Negro

Levou mais de cinco minutos para as badaladas findarem-se.

Lacerda dirigiu-se ao quarto nos fundos do motor-home que, por sinal, era o melhor. Fiquei com a cama articulada que, após montada, postava-se logo acima dos bancos frontais, motorista e acompanhante.

Quando deitava ali para ler uma boa história de suspense, auxiliado por uma pequena luminária sinuosa presa ao armário lateral, sentia uma certa opressão, quase psicopática: o teto era muito próximo. Certamente causaria vertigens em pessoas sensíveis a locais reduzidos, a pessoas claustrofóbicas.

Revezávamos a cama a cada cinco dias.

– Lacerda, você está dormindo? – perguntei após uns vinte minutos, a voz sumindo na escuridão.

– Não! – voltou de baixo.

– Estava pensando... Lembro perfeitamente de toda a rota que fizemos desde que entramos em Margaux!

– Sim, e daí?

– Daí que eu não me lembro de ter visto igreja alguma, você se lembra?

Silêncio.

– Normalmente as igrejas, nestas cidades pequenas da França, estão localizadas no centro! Aliás, normalmente as comunidades nasciam ao redor das igrejas, que acabavam tornando-se o umbigo das atuais cidades. Nesses umbigos construíam as praças principais, exatamente como esta onde estamos!

– Tudo bem, mas talvez tenha outra perto daqui, em um local por onde não tenhamos passado!

– É, talvez! – resmunguei, diante da ilógica, pois sabíamos que aquela vila não comportava duas praças principais.

– E talvez não consiga dormir! – emendei, murmurando.

Estava na velha Estação de Trem. A brisa era suave, contudo gelava os ossos. Conferi a hora em meu relógio de pulso: 3:33 da madrugada. Inseri uma das mãos no bolso da jaqueta enquanto a outra segurava um charuto que Lacerda havia comprado no *Duty Free* do Aeroporto Internacional *Charles de Gaulle*. Sabia que se voltasse ao motor-home, não conseguiria dormir.

Na calçada antiga chutei uma lata pequena com o rótulo deteriorado, ela quicou duas vezes tilintando, depois sumiu no vão escuro onde deveriam estar os trilhos.

Permaneci ali. Dei uma baforada e a fumaça formou a silhueta deformada de um elefante dos gibis. Demorei um tempo para perceber que havia algo errado: a lata, ao despencar sobre os trilhos, não emitira som algum.

Senti novamente aquele maldito calafrio, tirei a mão do bolso e fechei ainda mais a jaqueta, como se ela pudesse me proteger, tal qual um colete balístico, uma couraça de aço, como diria o *Batfino*[7], caso acontecesse algo imprevisto. Aproximei-me vagarosamente do vão e parei à margem.

– Impossível! – murmurei, semicerrando os olhos, e o lamento saiu indecifrável. Não havia trilhos, só escuridão, uma escuridão imensa, que gerava uma sensação de grandeza, de infinito.

Algo lá embaixo ondulou, depois cintilou prata em alguns poucos locais extremos. *Como era possível?* Tinha a sensação de

---

7 *Batfino* (Batfink) é um personagem de desenho animado, um morcego que atuava ao lado de seu ajudante oriental Karatê. Sua fama se consolidou na década de 1980, com a célebre frase: *suas balas não podem me atingir, minhas asas são como uma couraça de aço!*

estar à beira de um gigantesco penhasco. Fixei a visão. Os reflexos multiplicaram-se em inúmeros pontos na negritude, como a água de um oceano refletindo a luz do luar. Sim, um mar revolto lá embaixo, uma imensidão d'água cintilando muito além do solo cada vez mais intensa, e cada vez mais nítida.

A sensação do penhasco se materializava sob meus pés... Uma altura inacreditável, um mar bravio... Aquilo me aturdia, deixava-me zonzo. Meu corpo passou a pender sem controle.

Era *acrofóbico*[8], desde pequeno. A ansiedade surgiu, a sudorese, os batimentos acelerados do coração, o tremor das mãos, a falta de ar e a gélida sensação característica sobre meu estômago.

Não conseguia desviar os olhos das águas do mar chocando-se, tremeluzindo um prata-vivo, quase artificial, como a tinta de um marca-texto sobre um papel fosco que fazia todo o meu corpo adormecer... O cenário ao redor girava lentamente.

De súbito, despenquei e incrédulo, embora imaginando que isso provavelmente aconteceria, ultrapassei a distância onde deveria estar o solo. Aquilo foi o limite que me despertou para a realidade, uma realidade inverossímil, apavorante.

Gesticulava os braços e caia no vazio, na escuridão. O vento cortando meu rosto, as luzes abaixo reluzindo. Algo me dizia que o pior ainda estaria por vir, sentia-me observado. Havia outros ao meu redor, e não sabia como poderia haver. Lá embaixo outros, mas não sabia quem.

Uma gargalhada gutural ecoou abaixo, e a gélida sensação que me invadira o estômago intensificou-se. Bradei, em desespero, gritei o mais alto possível. Convencia-me agora que a queda sobre o suposto oceano reluzente não era o pior a esperar.

– Ei, ei, Jader! Jader! – bradou Lacerda.

Golpeei uma rede lateral que me protegia, mantinha-me intacto

8 Medo irracional de altura.

sobre a cama, evitando que caísse, evitando o que acabara de acontecer no pesadelo. Furei-a em um ponto próximo dos pés.

– Se você está tentando me assustar, está conseguindo! – disse.

– E esse gongo está acabando comigo! – berrou.

– O que houve? – indaguei, envolto em escuridão, mas logo compreendi a situação. Um pesadelo, um horrível pesadelo, se é que existe pesadelo diferente.

– Assim não dá! Estou precisando fumar! – o som veio de trás do motor-home, em meio à escuridão.

– Agora? – ofeguei.

– Sim, quanto tempo você pensa que passou? Não mais que quinze minutos, para você acordar berrando desse jeito! Vou fumar um charuto, quer me acompanhar?

– Você está maluco!

– Vai dispensar o dominicano que comprei no *Duty Free*? – indagou. Um leve movimento do motor-home precedeu à luz que se acendeu no quarto dos fundos.

– O *Davidoff*? – perguntei, com certo entusiasmo, acomodando-me sobre os cotovelos. Em seguida as cenas do recente pesadelo povoaram minha imaginação: eu na Estação, fumando o Dominicano, defronte ao vácuo negro dos trilhos, do penhasco, do oceano reluzente.

– Claro!

– Não, pode fazer bom proveito! – decidi, despencando sobre o travesseiro.

– Ainda tem conhaque Hennessy?

– Sim, junto aos vinhos!

– Ótimo! – disse, surgindo no corredor, de pijamas. – Cara, não aguento mais esse gongo maldito, está martelando minha cabeça! – esbravejou, dando pancadas com a mão na cabeça.

Acendeu uma das bocas do fogão e, após cortar uma das extremidades do charuto com uma pequena guilhotina, arcou-se, colocando-o na boca e acendendo-o na chama.

– Fume aqui dentro, eu não ligo! – sugeri. – Ah, você disse que o gongo está te irritando, mas não o estou ouvindo agora!

– Você só pode estar brincando! Está alto para burro! Fica martelando aqui! – disse, cutucando com o dedo a testa. – E não fumarei aqui, ficará infestado de fumaça, sem mencionar o cheiro que fica depois!

– Tudo bem, então fique ao lado do motor-home, ok? Nem pense em ir até a Estação!

– A Estação? Por quê? – perguntou, baforando a fumaça para mantê-lo aceso. Abriu a porta do armário sob a pia e apanhou o conhaque.

– Deixa para lá! Só fique próximo, certo?

– Certo! – disse, abrindo a porta do meio e fechando-a em seguida com o charuto em uma das mãos e o conhaque na outra. Provavelmente o beberia no gargalo, mas isso era a última coisa que poderia me aborrecer naquela noite.

VIII - Face Derretida. Medo

Algumas imagens surgiam em um devaneio: trens enferrujados e excêntricos surgindo do nada; um mar bravio derretendo na escuridão; frestas surgindo de janelas flutuantes; as cobertas da van que eram içadas por algo invisível expondo um par de pernas vestindo jeans, dilaceradas da cintura para cima, empapadas em um sangue negro; gargalhadas ao redor... Gargalhadas sádicas, com escárnio, desprovidas de graça.

Revirava-me sob o pesado cobertor, por vezes sentia frio, outras, calor. Uma opressão assolava-me, maior que a proximidade do teto causava-me, retirava-me o ar, comprimia-me contra a cama.

O entoar das badaladas ressurgira, enquanto a feição de Lacerda emergia na negritude da noite. As gargalhadas continuavam. Seus olhos cintilaram prata, marejaram e as lágrimas pareciam exibir um oceano revolto, ofuscando a luz do luar. Sua face passou a derreter. O eco dos risos ingressava em meus tímpanos, seguido pelas badaladas, o gongo emitindo um som grave e ritmado invadiam-me o cérebro, enquanto assistia a uma massa de carne avermelhada que já não mais parecia meu amigo... Olhos deslizando pelo sangue, a boca torcendo-se para baixo, o queixo desprendendo-se do rosto.

– *Lacerdaaaaaaaaaa*! – bradei, despertando. Solapei o teto com a cabeça e fui impelido novamente contra o travesseiro. Desta vez não houve graça em clamar pelo nome do amigo. Não sentia aquele doce alívio de ter deixado os problemas às portas do aeroporto no Brasil, aliás aqueles problemas agora pareciam ínfimos.

No primeiro instante após despertar, pressenti ter ouvido o final de um gongar ao longe, mas achei que poderia ser resquício do pesadelo. Ofegando, mãos afagando o local dolorido levantei-me, desta vez com maior cuidado, e visei a porta do meio. Havia uma estreita fresta que permitia a fraca luz de fora invadir o interior do motor-home.

Há quanto tempo estou dormindo?, cogitei. Acionei o botão de luz do meu relógio de pulso *TAG Heuer* e o mostrador digital exibiu 3:33. *Diabos, tinha de ser o mesmo horário do pesadelo anterior?*

Um certo alívio tomou minha consciência, ao imaginar momentaneamente que tudo aquilo não passava de alguns pesadelos. Não podia permitir que as peças pregadas pela minha imaginação me tirassem o sossego, a lucidez.

Relaxei, e o cansaço me abateu. Desisti de imaginar que poderia ter acontecido algo ao Lacerda. Senti-me ridículo. É claro que ele estava a salvo, bem ali do lado de fora, aproveitando uma ótima combinação de charuto com conhaque.

Sorri com a recordação das palavras que Lacerda havia dito: *não sabia que você era tão medroso!* E, antes de esboçar uma seriedade total na feição, já havia novamente adormecido.

Despertei, colocando-me alerta, os ouvidos aguçados. Havia algo errado.

Um som ao longe me fez estremecer, gelando-me o corpo. No início, pensei em um animal: um gato, para ser mais preciso. Depois, certifiquei-me que advinha de um ser humano. Era o choro de uma mulher, um choro de sofrimento, de dor, extremamente *apavorante*.

Apoiei-me sobre os cotovelos, desta vez tendo a precaução de não colidir a cabeça com o teto, e o som retornou, agora um pouco mais perto.

– Santo Deus! – murmurei.

Uma ponta de desespero e medo me assolava, ouvir aquela lamentação era medonho. Iniciava com um choro compulsivo e seguia com palavras indecifráveis, por vezes um *ai, ai, ai, aiiiii...*

Meu senso de direção intuía que as lamúrias vinham da direita, a mais ou menos trinta metros de distância. Um ou dois minutos depois cessou.

O silêncio rodeou-me por, no máximo, cinco segundo. Em seguida, as lamúrias ressurgiram do meu lado esquerdo, a uns vinte metros do motor-home.

Impossível, como alguém se deslocaria uns cinquenta metros em pouquíssimos segundos?

O meu desespero aumentava a cada lamentação. Algumas lágrimas rolaram pelo meu rosto, estava no limite da minha sanidade. Senti uma enorme vontade de gritar, berrar para encobrir aquele choro pavoroso e, quando achei que realmente iria colocar essa ideia em prática, o silêncio retornou. Nunca sentira tanta paz na ausência de som. Enxuguei as lágrimas com a ponta do cobertor.

De súbito, o choro emergiu ao lado da porta entreaberta do motor-home, agudo, alto e ressoante. Meus olhos saltaram, meu estômago congelou... Balbuciei tentando proferir algo, mas havia entrado em um choque repentino.

– Meu Deus, livre-me disso, *por favoooorrrrrr*! – berrei finalmente, quase me afogando em minha própria saliva.

A lamúria foi findando-se lentamente, minha garganta latejava, ardia.

IX - Lacerda, o Gongo e o Trem

Lacerda, cadê o Lacerda?, pensei. *Será que o desgraçado está por trás disso? Alguma brincadeira idiota?*

Afastei a coberta, segurei-me trêmulo na escada e desci. Arredei vagarosamente a porta do meio e a fraca luz laranja do poste, do outro lado do estacionamento, invadiu ainda mais o motor-home.

– Lacerda? – chamei.

Calcei os chinelos, desci os dois degraus e detive-me, ainda de pijamas, na velha mas conservada pavimentação do estacionamento. O céu mantinha-se estrelado, límpido. A brisa bafejava sempre na mesma velocidade, fria como um túmulo.

– *Lacerdaaaa*! – clamei, ouvindo um curto eco ao longe. Cada vez que agora era necessário chamar pelo meu amigo, sentia-me ridículo pela brincadeira desnecessária que fazia nesse sentido. *Será um castigo? Onde diabos ele se meteu?*

Contornei o motor-home, esfregando os braços pelo frio que me castigava, e avancei em direção à Estação. À frente, a metade do charuto caído sobre o piso.

Ao pé da Estação, mais ao longe, a garrafa caída, quebrada. Uma poça escura esgueirava-se lentamente em direção ao motor-home. Os cacos, alguns presos ao rótulo, cintilavam à luz do poste.

Isso é maluquice, pura maluquice! Lacerda jamais largaria um Davidoff pela metade ou quebraria a garrafa de um renomado conhaque, ainda que ela estivesse vazia. Além do mais, como pude não ouvir coisa alguma?

Olhei na direção que o motor-home apontava, do outro lado do estacionamento, e a van verde se fora. Não ouvira sua partida, e não seria a primeira vez que isso acontecia, o Golf preto também sumira, em silêncio.

Entre o leve murmurar da brisa, ouvi algo ao longe, quase inaudível, algo grave. Prossegui até a Estação sem compreender o que por vezes tentava aproximar-se de meus ouvidos, se é que realmente havia algo tentando.

Ao chegar, após um ou dois minutos completamente parado, identifiquei o som que me perturbava: era o gongo, ecoando sozinho, sem as badaladas. Aquele era o tipo de som que definitivamente me extraía os últimos resíduos de tranquilidade.

Fixei o olhar sobre o vão dos trilhos. Quando minha visão acostumou-se à escuridão, notei com alívio a existência deles ali, fixados no solo.

Claro, pensou que iria encontrar um portal para outra dimensão, para o inferno talvez?, concluí, irônico.

Caminhei a procura de Lacerda, iniciando à direita, às margens do trilho, na direção em que o trem havia percorrido. Senti a brisa tremular as mangas largas do meu pijama. Por vezes lançava um olhar de esguelha aos trilhos... Eles ainda estavam lá.

À frente havia uma curva acentuada, margeando uma construção alta e abandonada. Imaginei o português indicando-a com aquele sotaque lusitano: *faça a curva fechada à esquerda.* Sorri com excitação, meus nervos em frangalhos.

O gongo continuava, às vezes quase imperceptível, às vezes um pouco mais nítido, todavia nunca alto o suficiente para se apresentar com clareza e, principalmente, para que fosse possível indicar de onde vinha.

Enquanto vencia a curva, a uns cem metros da Estação, passei a visualizar algo que, em princípio, fez-me acreditar que estava sendo vítima de uma alucinação, talvez um novo pesadelo. A visão que se descortinava era anômala e irracional, o panorama foi surgindo e fustigando o restante da minha sanidade.

Em dado momento estagnei estupefato: um vagão de trem descarrilado, enterrado em um aclive de terra à direita. Ao longo dos trilhos que, em algumas partes, haviam sido rasgados como papel e conservavam-se direcionados para o lado e para cima, como se agora fosse possível conduzir um trem rumo ao céu, estavam os demais vagões, todos tombados, em um aglomerado de ferros contorcidos. O solo estava perfurado, remexido, as pontas de dois vagões, na vertical, apontavam para as estrelas, como um *V* invertido, elevadas com a compressão da colisão.

No horizonte, a locomotiva e os dois primeiros vagões haviam se desprendido dos demais, atravessando o aclive de terra que margeava os trilhos e penetrando em uma densa mata, abrindo uma monstruosa clareira. Senti-me um inseto naquele panorama desordenado e colossal, em uma tragédia inconcebível, inacreditável.

Não havia fogo, fumaça, multidão, gritos ou qualquer movimentação ao redor. Só o trem descarrilado em um *S* imperfeito, desmedido e fracionado. A mata devastada à frente, o aclive destruído, o trilho rasgado e torcido, os vagões jazendo em uma desordem de solo e mata indescritível.

Antes que cogitasse a ideia de que aquele trem poderia ser outro diferente daquele que havíamos visto há pouco, avistei na metade emersa do solo, na traseira do último vagão, o *G* vermelho do *GAY* pichado. Era inconfundível. Além disso, aquele não poderia ser um outro trem descarrilado há algum tempo – cheguei a cogitar essa ideia por causa da ausência de som, fogo, fumaça, balbúrdia – porque se fosse, o recente iria colidir com o antigo já aos pedaços pelos trilhos deformados e aí seriam dois trens sinistrados.

Devo ter permanecido uns quinze minutos fitando o cenário, pasmo, imóvel, tentando compreender o que realmente estava presenciando, o que poderia ser real ou imaginação naquilo tudo... A probabilidade de ter enlouquecido por completo.

Deus, como isso pode ter acontecido sem que ouvíssemos um ruído sequer? Isso deveria causar um estrondo ensurdecedor, a ser ouvido à milhas daqui! Devia haver fogo aqui, pessoas tentando ajudar, fumaça!

Repentinamente, umas quatro ou cinco silhuetas cruzaram em pontos diferentes os primeiros vagões à frente, como se brincassem de esconde-esconde nas sombras.

Lacerda? Então uma ideia sobreveio: Lacerda vira o acidente, largara o charuto e o conhaque e está aí no meio, vasculhando as ferragens.

E a teoria dos dois trens, do novo atropelando o velho? E, sendo este o mesmo que vimos há pouco, por que não houve estrondo? E a fumaça, o fogo... e o G de GAY?

Ao diabo com essas teorias!

– *Lacerdaaaaaaaaaaaaaaa*! – bradei, ouvindo o ecoar ao longe. Novamente senti-me ridículo.

O gongo retornara, sensivelmente mais audível. Concluí que o sino silenciara, após uma sequência de badaladas em um único momento, e provavelmente não mais o ouviria.

Chamei mais algumas vezes o nome do meu amigo, porém não obtive resposta. Na verdade sabia que aquelas silhuetas não lhe pertenciam, elas eram pequenas demais, de diferentes formatos, pareciam crianças e adolescentes. O problema é que eu não queria acreditar, aceitar que Lacerda sumira.

Ei, espere! Crianças e adolescentes? Claro, são aquelas crianças que estavam no bosque, mas quem são elas, afinal?

Fitei uma última vez o *G* apontando para o inferno, enquanto o *A* e o *Y* incompleto já haviam partido pelas profundezas da terra e algumas ideias macabras passaram-me pela cabeça: *e se o pichador não tivesse sido afugentado? Se tivesse acontecido algo a ele antes que tivesse completado sua pintura de mau-gosto?* Retornei atônito, o gongar ressoando em meus ouvidos.

Aquele maldito sino era o início de algo, tenho certeza disso! E esse gongar agourento? Para que serve? Agourento? É isso, mas quem o está tocando? O que quer? Isso está me deixando maluco, maluco! pensei, cobrindo os ouvidos com as mãos. *Preciso sair daqui, sair urgentemente!*

Parei defronte à Estação e, desta vez, a principal dúvida que habitava a minha mente diante dos acontecimentos, foi sanada: estava, *sim,* em perigo. Estavam acontecendo fatos sobrenaturais... E eram reais, perfeitamente reais.

O motor-home sumira, só havia o *parking* vazio, com exceção de alguns panfletos sendo levemente arrastados ao embalo da brisa.

Santo Deus, o que farei agora sem o veículo?

Disparei em direção onde estacionara o motor-home e senti uma forte alfinetada nos pés, os chinelos rasgaram-se. Cambaleei sustentando-me em um só pé, a sola do outro ardia como se estivesse em chamas. Olhei para trás e vi a garrafa de conhaque fragmentada. Não a enxergara e alguns cacos inseriram-se sob a sola do chinelo, perfurando-a e atingindo-me o pé.

Mas que desgraça! – esganicei, observando o sangue pingando sob o pé suspenso.

Arranquei um pedaço de tecido da manga do pijama, com a ajuda de uma das mãos e dos dentes, enleei sobre a mão e, com um pouco de esforço retirei o fragmento de vidro, que parecia a ponta de um *iceberg* enterrada no pé. Envolvi o ferimento com a tira de pano que improvisei, como um torniquete, fazendo um laço na parte superior do pé. Mancando, dirigi-me à via principal, por onde havíamos chegado, e segui em frente.

Tenho de sair da cidade! Tenho de sair desta merda de cidade!

Ao passar pelas fachadas das casas antigas, caminhando pelo meio da via, fitava as venezianas muitas vezes mal-encaixadas, com frestas negras, e sentia-me tão observado como acontecera em meu pesadelo, quando despencava na escuridão em direção ao mar cintilante. Cerrei os olhos e fiz um pedido suplicante: *não me deixe ouvir aquelas gargalhadas, as gargalhadas não! Seria o que me levaria, sem dúvidas, à completa loucura.*

Aproximei-me da estátua em pedra que dividia a pista e contornei a via à direita. Sabia que dali a uns quatro ou cinco quilômetros estaria fora de cidade. Ofegando, com a perna boa dolorida pelo esforço e o pé ferido latejando, segui com mais obstinação.Precisava vencê-la, precisava sobreviver, precisava retornar ao meu país, levar os vinhos... Precisava, sim, tomar o *Richebourg 79.*

Deus meu, o que direi à Franciele, esposa de Lacerda? Já é naturalmente depressiva sem razão. Acho que desta vez, ela terá um bom estímulo para uma overdose!

– Só mais um pouco, mais alguns poucos quilômetros! – murmurei, sorrindo, olhos vidrados.

Meus pensamentos e raciocínio já não mais respondiam a impulsos lógicos. Visava o fim das edificações e daquela cidade soturna. Mancava, por vezes visava o céu estrelado, sentia a brisa alisar o rosto e a dor amortecendo cada vez mais a perna. Deixava um rastro gotejado de sangue pelo caminho, enquanto a escuridão fechava-se atrás de mim. Olhei por sobre os ombros e a estatua à esquerda da via fora engolida pela escuridão... Passei a gargalhar descontroladamente.

– Maldita cidade! Vá para o inferno! Vá... para... o... infernooooo! – bradei, gargalhando. – Sim, vá para o inferno! – sussurrei em tons distintos, por inúmeras vezes, enquanto caminhava.

X - A Isca

Ao longe, uma silhueta surgiu no canto esquerdo da via. Senti um calafrio.

Que diabos é aquilo?

Semicerrei os olhos e, à medida que avançava, a silhueta era banhada por uma fraca iluminação advinda do poste de uma das esquinas. Fui diminuindo o passo e arcando-me para frente, como se essa atitude fosse me ajudar a enxergar com mais nitidez.

– Não é possível! Não é possível! Não é possííííveeeeeeel! – gritei, com toda a insanidade que se instalava em mim.

A estátua que divisava a via, aquela que sumira lá trás, ressurgia à frente, do nada. Olhei por sobre os ombros e a rua atrás se desvanecia em pura negritude. Mas podia jurar que se voltasse alguns metros me depararia com a mesma estátua à esquerda.

– Não pode ser, não é possível! – murmurava, olhos saltando às órbitas, salivava e sorria, tornando à seriedade completa.

O gongo ressurgiu alto e ressoante, latejava-me a cabeça, tanto quando o ferimento do pé. Recordei-me de Lacerda, de pijamas, dentro do motor-home, cutucando com o dedo a testa e dizendo: *Está alto para burro! Fica martelando aqui!* Sim, martelava, quase literalmente. Causava arrepios pelo corpo, enlouquecia-me.

Entre um gongar e outro, ouvi um som agudo emergir baixo. Empaquei para ouvi-lo novamente: era aquele choro tétrico, pavoroso de lamentação. Meneei a cabeça para os lados no intuito de identificar a direção do som: *vem dali, detrás da estátua*, deduzi.

Aproximei-me, contornando à esquerda e deparando-me com a via reta pude notar lá na frente, com uma visada rápida, o telhado da meia-água da Estação que deveria ter ficado para trás.

A luz iluminava fracamente a fachada da estátua e sua retaguarda conservava-se na escuridão. A esquina à esquerda recebia a tênue claridade; a outra, do lado oposto, conservava-se escura como a noite. Vagarosamente fui contornando a estátua pela direita, aos saltos curtos, e o choro pairava angustiado ao redor.

Primeiro vi o pé, calçando uma velha sapatilha desbotada, depois a perna, vestindo uma calça de malha justa. O corpo surgiu de costas, em uma saia usada por cima da calça, uma jaqueta colorida, touca sobre a cabeça e cachecol enleado no pescoço. Uma velha senhora caída, uma mendiga, de costas para mim, cobrindo o rosto com as mãos. A luz mantinha suas costas no breu.

– Senhora, ei, senhora, o que houve? – indaguei imóvel, pé sustentado no ar.

Avancei um pulo, e agachei, encostando uma das mãos sobre seu ombro. Ela virou-se vagarosamente, lamuriando, emitindo aquele pavoroso *ai, ai, ai, aiiiiii*, ao final do choro...

Quando retirou suas mãos do rosto, arremessei-me de costas e caí. Levei um ou dois segundos para compreender a singela mensagem de defesa do organismo: *caia fora!* E então me elevei sobre os dois pés, senti uma fisgada dolorida no pé ferido e caí novamente, um pouco mais longe. Saí arrastando-me de costas, de forma desajeitada pela via, até próximo à esquina que permanecia escura, como se fugisse de um leão faminto em plena selva africana.

A feição da velha senhora era uma massa de carne avermelhada. O único olho que lhe restava deslizava junto ao sangue, a boca torcida para baixo, o queixo preso por milagre em seu rosto. Quando parei, ofegava e murmurava algo que eu mesmo não compreendia. Ela postou novamente as mãos sobre o rosto, e voltou-se a posição inicial, como um bizarro boneco de um *trem fantasma* qualquer.

O gongo reverberava, chacoalhava meu cérebro. Senti-me novamente observado... Algo próximo perscrutava, algo ao redor, na escuridão, logo atrás de mim.

Ainda prostrado, apoiado sobre os cotovelos arranhados, girei lentamente a cabeça...

Havia algo, sim. Havia umas sete ou oito silhuetas de crianças e adolescentes, mas não conseguia enxergar suas feições, seus corpos em detalhes.

– Meu Deus, vocês viram aquela mulher? O que houve com ela? – esganicei, fitando a velha mulher de costas, apontando-a com uma das mãos.

Houve somente silêncio entre os gongares agora perfeitamente nítidos, como se o gongo estivesse a dez metros de altura, exatamente sobre a minha cabeça.

– Ei, estou falando com vocês – reforcei, lançando rapidamente um olhar para o céu. Não havia gongo algum, só estrelas, céu límpido.

Então lembrei daquelas silhuetas. Eram as crianças que havíamos visto atravessando o bosque, as que haviam se escondido sob as ferragens do trem descarrilado. Repentinamente, sem que ouvisse qualquer ruído ou movimento, olhei novamente por sobre os ombros e elas haviam me cercado em meio à escuridão, formando uma meia-lua.

– Como fizeram isso? Quem são vocês? – murmurei, olhos saltando às órbitas.

Silêncio entre os gongares.

As lamúrias aumentaram, esganiçadas, quase em um grito. Olhei para a velha sofredora e, além dela, do outro lado da via, onde havia uma débil iluminação, milhares de silhuetas como as que estavam posicionadas atrás de mim espreitavam-me imóveis, em silêncio. Naquele momento, sem coragem para conferir, senti que as silhuetas atrás de mim haviam ganhado reforço, uma legião delas e percebi não serem oriundas de crianças, tampouco de adolescentes.

Recordei-me do rosto de Lacerda que vira em um dos meus pesadelos tão derretido quanto o da velha senhora que ali lamuriava em desespero.

Lágrimas rolaram pelo meu rosto. Minha sanidade estava na fronteira da loucura; visualizava os cenários, as silhuetas cobertas pela escuridão, como em um devaneio, um sonho lento e macabro.

Deus meu, eles devem estar arrebatando as pessoas, derretendo-as como se fossem personagens de um horrível filme da madrugada. Somem com os vestígios, carros, bicicletas, ônibus... Sim, aqueles pertences que estão presos às suas vítimas. E quando não há tempo para isso, como foi o caso do charuto e do conhaque? Merda, eles também se descuidam, retornam para limpar a bagunça, como aconteceu com o Golf, ou o homem dormindo na Van!

Eles também observam sorrateiramente através das venezianas das casas abandonadas, dos bosques e às vezes usam iscas, como aquela velha senhora. Mantêm-na viva, não saberia dizer como, mas somente ela sofre, sente as dores da morte, porém está viva, grotescamente viva, lamuriando-se mais do medo do que da própria dor quase insuportável. Será isso, ou enlouqueci? Não, só posso estar sonhando, um maldito pesadelo, bebi demais hoje...

Antes que enlouquecesse por completo nessas divagações de incredulidade, imaginei-me ao lado de Lacerda, ele esboçando aquela feição inquisitiva, cenho franzido, sentado no interior do motor-home e ouvindo músicas dos anos oitenta no laptop e sobre as mãos, fartas taças de *Richebourg 79*, que jamais sentiríamos o gosto. Sim, agora sabia: jamais entregaríamos o motor-home intacto à *AVIS*[9], jamais embarcaríamos de volta ao Brasil, reveríamos nossas famílias, nossas adegas, nossos amigos...

Desviei o olhar entorpecido em direção ao céu e, por um segundo, acreditei ver a escuridão ondular em meio a alguns reflexos em diversos pontos longínquos. Certamente não eram as estrelas, parecia mais um enorme oceano revolto, refletindo a luz do luar. Antes que pudesse novamente arriscar-me a retornar à realidade, as gargalhadas explodiram ao redor, as gargalhadas que havia suplicado em não ouvir, as gargalhadas que acabariam de vez com a pouca sanidade que me restava, as gargalhadas sádicas, com escárnio, desprovidas de graça.

O gongar cessou e a noite toldou escura e fria. Houve silêncio, antes de o sino badalar. Desta vez, anunciava o fim.

9 *AVIS Rent a Car*: locadora de veículos espalhada pelo mundo.

Acertando os Ponteiros

Notas de Posfácio

Finda a viagem, finalmente aterrissamos nas notas de posfácio. O convite persiste, não vai me fazer uma desfeita agora, vai?

Com elas, podemos acertar os ponteiros do relógio, o horário fictício com o real, ou seja, o que efetivamente foi presenciado por alguém, no cotidiano da vida real, em cada narrativa e o que foi criado.

São curiosidades que farão você entender, em alguns enredos, o motivo de sua existência, ou o que me levou a escrevê-los.

Aqui é o único local dessa insanidade toda em que não invento, apenas relato, pode acreditar!

Entretanto, alguns detalhes talvez o surpreendam, talvez o sentimento da dúvida incomode o seu raciocínio lógico, mesmo que de forma involuntária, afinal, voltamos ou não à insipidez do dia-a-dia?

Bem, repito o que já foi dito: *aqui não*! Aqui não há criatividade exacerbada, simplesmente fatos. O que foi obra da imaginação literária, escondida em algum diminuto canto escuro e nebuloso do cérebro, será apontado, assim como os fatos inexplicáveis, os quais serão igualmente relatados, acredite ou não!

Escadas Rolantes - Teoria infantil

Em um feriado de 7 de setembro, quando retornava de Morretes, após almoçar um majestoso *barreado* no restaurante Madalozo, de propriedade de um grande amigo, Coronel Lafite, vislumbrei no horizonte, completamente nublado, alguns raios solares surgindo do meio das nuvens e descendo em direção ao solo.

Aquela cena exibia as *escadas rolantes para o céu*. Algo que nasceria, certamente, da ideia de uma criança.

Ao retornar, no mesmo dia, com a rua anormalmente tranquila pela ausência dos vizinhos, passei a redigir a novela, finalizando ao anoitecer do dia seguinte.

Revelação - Apocalipse

Sempre quis redigir algo relacionado ao fim do mundo, mais precisamente atinente ao Apocalipse. Joguei a ideia para o futuro, porém mantive a base cultural do episódio conforme a tradição nos dita, ou seja, conforme conceitos bíblicos.

Inicialmente a ideia era retirar o epílogo, todavia acabei concluindo que ali havia algumas explicações importantes para o teor do enredo.

3:33 - Coincidências?

Há mais ou menos dois anos e meio, comecei a reparar que virara frequente acordar-me durante a madrugada. Isso perdurou por cerca de seis meses.

Tenho em meu quarto o relógio que projeta as horas no teto, conforme relata o enredo. Em determinada noite, ainda aturdido, reparei que eram 3:33. A partir dali, minha curiosidade passou a cobrar-me a conferência do horário em que acordara e, para minha incredulidade, eram sempre 3:33.

Aquilo me deixou um tanto apreensivo. Após uns seis meses mais ou menos, resolvi escrever o conto. Engraçado que, concluído o enredo, a insônia cessara. Hoje raramente acordo durante a madrugada e, quando isso acontece, ocorre em horários diversos.

Mais tarde, cerca de seis meses após, a convite do amigo e escritor André Vianco, resolvi enviá-lo a um projeto literário que, na verdade, não saiu. Porém, ao contar as palavras para verificar se era viável enviá-lo descobri, com um arrepio nas costas, que o conto tinha 3.333 palavras. Originalmente, sob o título, deixo sempre a seguinte inscrição: *por Waldick Garrett.* Mesmo retirando estas três palavras, os três primeiros números fecham exatamente o famigerado horário, e um zero necessário à quantidade (3.330). Coincidência?

Os Condenados - Teorias Clássicas

Este é o clássico conto do ser humano em contato com o sobrenatural. Seres invisíveis que nos cercam, às vezes de forma insignificante, às vezes de forma relevante.

Há também a tradicional teoria de que cada residência carrega uma *história* e, dependendo do seu teor, poderá instigar os novos proprietários a participarem dela de forma, muitas vezes, *coercitiva.* Agradeço imensamente ao jornalista e amigo Diego Ribeiro, do jornal Gazeta do Povo, pelo seu valioso auxílio em remontar a matéria jornalística inserida no contexto.

A Neve de 75 - Cercado pela cidade.

Certo dia, ao quitar algumas dívidas no posto bancário do Itaú, no prédio da Secretaria de Segurança Pública/PR, em conversa informal com o segurança, um senhor chamado Antônio, disse que sua cidade natal era São João do Triunfo. Notando meu interesse por pequenas cidades do interior, ele passou a relatar a respeito de como tinha sido sua infância e adolescência no mundo rural. No dia seguinte, ao chegar em casa, nossa secretária Nerli passou a falar a respeito da mesma cidade, esclarecendo que nascera lá.

Poucos dias após, obriguei-me a chamar meu encanador de confiança para realizar um serviço simples e, entre um assunto e outro, passou a dizer que não era de Curitiba. Indaguei de pronto se ele era de São João do Triunfo, que tanto para a minha surpresa quanto a dele, foi confirmado.

Notaram? Foram várias coincidências em torno da cidade. Seu nome sempre surgia inesperadamente.

Retornei ao Sr. Antônio solicitando que me ajudasse a entender como era a cidade em 1975. Após muita discussão, elaborando um desenho, chegamos a um mapa improvisado que se aproximava da realidade. Dali, pesquisando um pouco sobre a neve de 75, construí um enredo ficcional. Espero que tenha gostado!

Lesônio - O homem e a Natureza

A ideia do um futuro devastado pelo descuido do ser humano sempre foi boa. São mensagens subliminares do cuidado que devemos ter com a natureza.

Todavia, para variar, despenquei para o suspense e para a tragédia fática. Não consegui me conter. Podem censurar-me, mas não consegui evitar!

Margaux - Uma experiência impressionante.

Por mais incrível que pareça, vivenciei grande parte dessa história. Viajava com um motor-home pelo interior da França junto a um casal de inestimáveis amigos, Rogério e Carolina

Marcondes, quando adentramos à cidade de Margaux. No dia posterior iríamos visitar o singular Château Margaux. Seríamos recebidos como *Sommeliers* brasileiros pelo diretor da vinícola, *Sr. Paul Pontailler*, conhecido no Brasil pela sua participação no filme-documentário intitulado *"Reserva Especial"*, apresentado por Renato Machado.

Decidimos então passar a noite por ali, uma vez que as regiões ao redor eram rurais e estávamos longe da civilização. Já na entrada, notei a ausência de pessoas na rua. Alertei os demais que logo puderam confirmar minha desconfiança.

As residências mantinham as luzes internas apagadas e algumas possuíam frestas escuras entre as venezianas. Vimos aqueles vultos próximos das quadras, que lembravam crianças, e nos retiramos dali.

Estacionei o grande veículo no exato local descrito no enredo, ou seja, em um estacionamento ao lado de uma velha estação ferroviária. O veículo que se encontrava ao lado do nosso, sumira sem emitir som algum. A van verde, com as calças de uma pessoa sob os cobertores também estava lá, além do velho trem, que passou uma única vez por nós numa velocidade espantosa. Os sons que vieram do mercado descritos no enredo, enquanto abastecíamos o motor-home de água, também ouvimos. Houve uma inquietação por parte de todos no sentido que devíamos sair da cidade, porém, acabamos permanecendo.

O ápice do terror veio de madrugada, quando ouvimos o choro de uma mulher deslocar-se de um ponto para o outro do motor-home e, ao mesmo tempo, em grandes distâncias e em poucos segundos. Um choro de sofrimento, de dor... de gelar os ossos do corpo.

No dia seguinte, saímos cedo. Havia alguns veículos estacionados, mas ainda assim não encontramos pessoas pelas ruas da cidade.

Juntamente com os acontecimentos ligados ao conto "3:33", certamente foi uma das experiências mais surreais que tive na vida, até o fechamento desta obra.

Este livro foi impresso em papel pólen bold na
Printing & Internet Solution S/A em abril de 2012.